ヒックとドラゴン

SINKAI NO HIHOU

② 深海の秘宝

作者

ヒック・ホレンダス・ハドック三世

古ノルド語訳　クレシッダ・コーウェル

日本語共訳　相良倫子・陶浪亜希

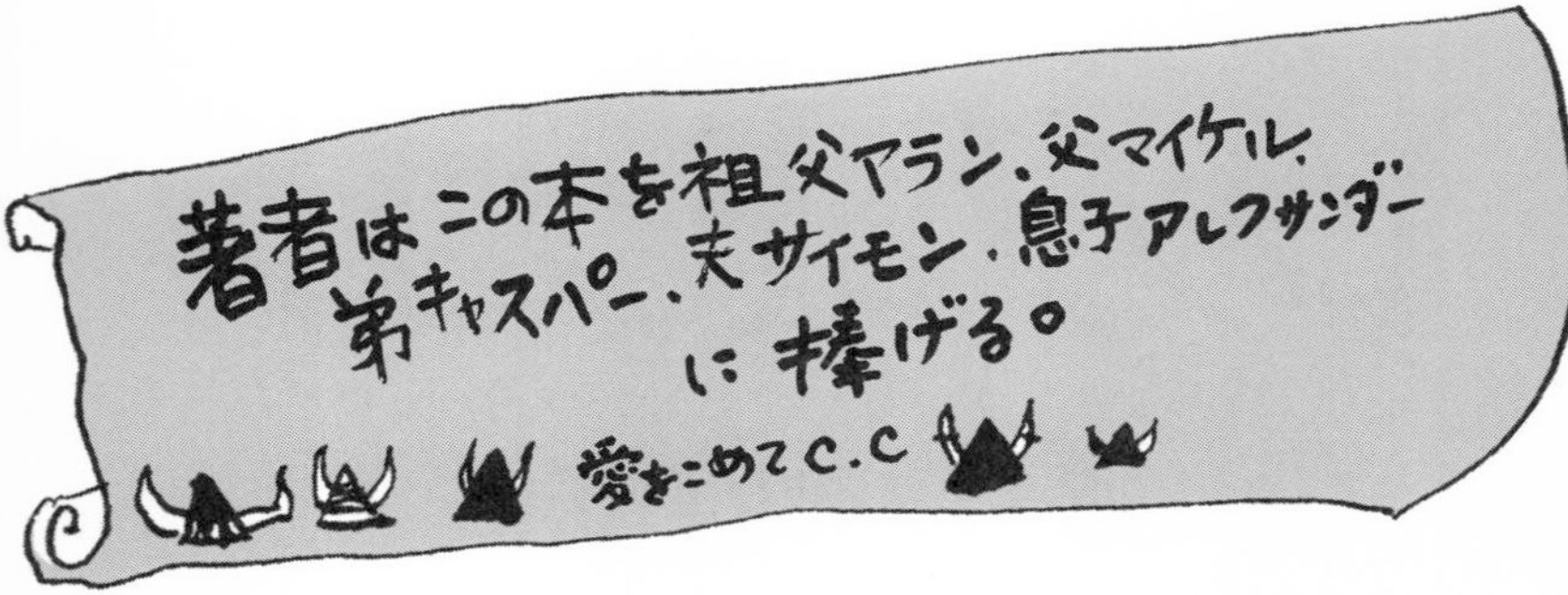

著者はこの本を祖父アラン、父マイケル、
弟キャスパー、夫サイモン、息子アレクサンダー
に捧げる。
愛をこめて C.C

私《わたくし》を支《ささ》え協力してくれたサイモン・コーウェル、キャスパー・ヘア、ティーナ・ジャラバ、アンドレア・マラスコバに多大なる感謝《かんしゃ》を捧《ささ》げる。

First published in Great Britain in 2004
by Hodder Children's Books

ご注意：

本書の内容は、当然ながら、細心の注意をはらって調査《ちょうさ》されて書かれたものだが、史実と完全に一《いっ》致《ち》しているとは限らない。

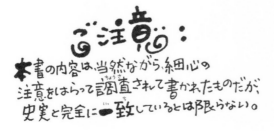

訳者について

クレシッダ・コーウェルは
夫のサイモンと三人の子ども、
メイシーとクレメンティン、
アレクサンダーと
ロンドンに住んでいる。
訳書《やくしょ》にヒックシリーズの
第一巻『伝説の怪物《かいぶつ》』がある。
また、“Hiccup, the Viking
Who Was Seasick”や
“Little Bo Peeps' Library Book”
などの創作《そうさく》絵本も出している。

作者について

『深海の秘宝《ひほう》』は
ヒック先生の自伝第二作である。
先生は博物学の第一人者で、
『ドラゴン百科』の著者《ちょしゃ》
としても有名である。
ほかに『ドラゴン語入門』、
『剣術《けんじゅつ》の上達法』、
『人魚とその他の怪物《かいぶつ》』などの
本を出している。

スノット
<バッシーボール>や
<上級ののしり言葉>の
授業《じゅぎょう》でトップの成績。
暴力《ぼうりょく》が大好き。
ドッグブレス
スノットの子分
ファイヤークイーン
スノットのドラゴン
アルビン
貧《まず》しいけれど正直《しょうじき》な
百姓《ひゃくしょう》
<海賊《かいぞく》訓練プログラム>
の教官
ゴバー
教官

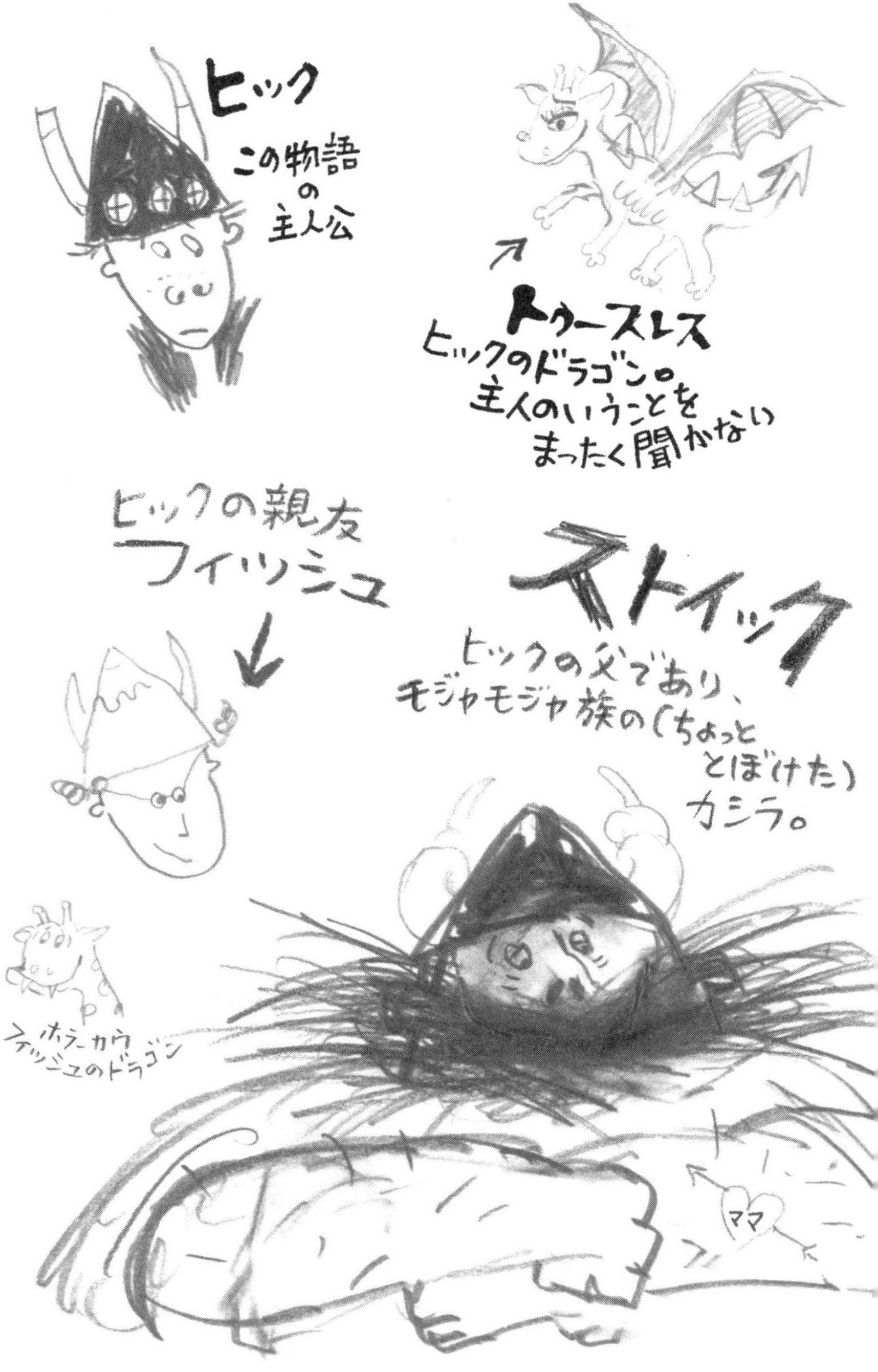
ヒック
この物語の主人公
トゥースレス
ヒックのドラゴン。
主人のいうことを
まったく聞かない
ヒックの親友
フィッシュ
ストイック
ヒックの父であり、
モジャモジャ族の(ちょっと
とぼけた)
カシラ。
ホラーカウ
フィッシュのドラゴン
ママ

古ノルド語訳《やく》者《しゃ》からのひとこと

二〇〇二年の夏、砂浜《すなはま》を掘《ほ》っていた男の子が小さな箱を見つけた。

その箱には、ヒック・ホレンダス・ハドック三世の自伝第二巻《かん》が入っていた。
ヒックといえば、ドラゴンと話すことのできた、
有名なバイキングのヒーローであり、伝説の剣士《けんし》である。

その自伝には、ヒックがいかに伝説の剣《けん》を手に入れたか、
残忍《ざんにん》な流れ者とどのように出会ったのか、
そしてゴーストリーの秘宝《ひほう》にまつわる恐《おそ》ろしい真実が書かれていた。

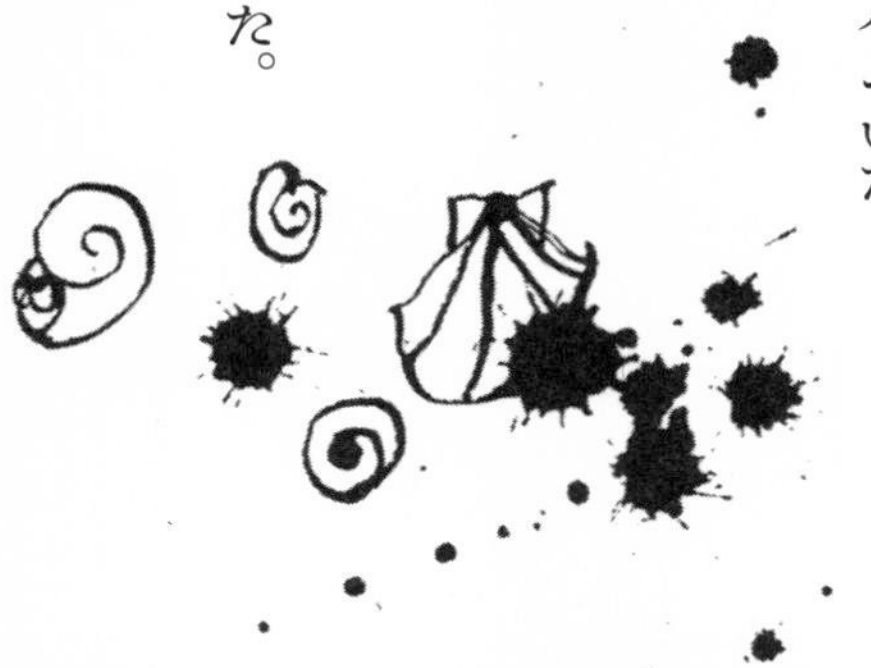

『深海の秘《ひ》宝《ほう》』に寄《よ》せられた感想

「ヒックは、
自分をなにさまだと
思ってるんだ？
オレたちドラゴンが、
朝飯代わりに
食ってやる」
———**日刊《にっかん》ドラゴン**

「1巻よりも、
さらに**怖《こわ》くて**
面白い」
———**海賊《かいぞく》新聞**

もくじ

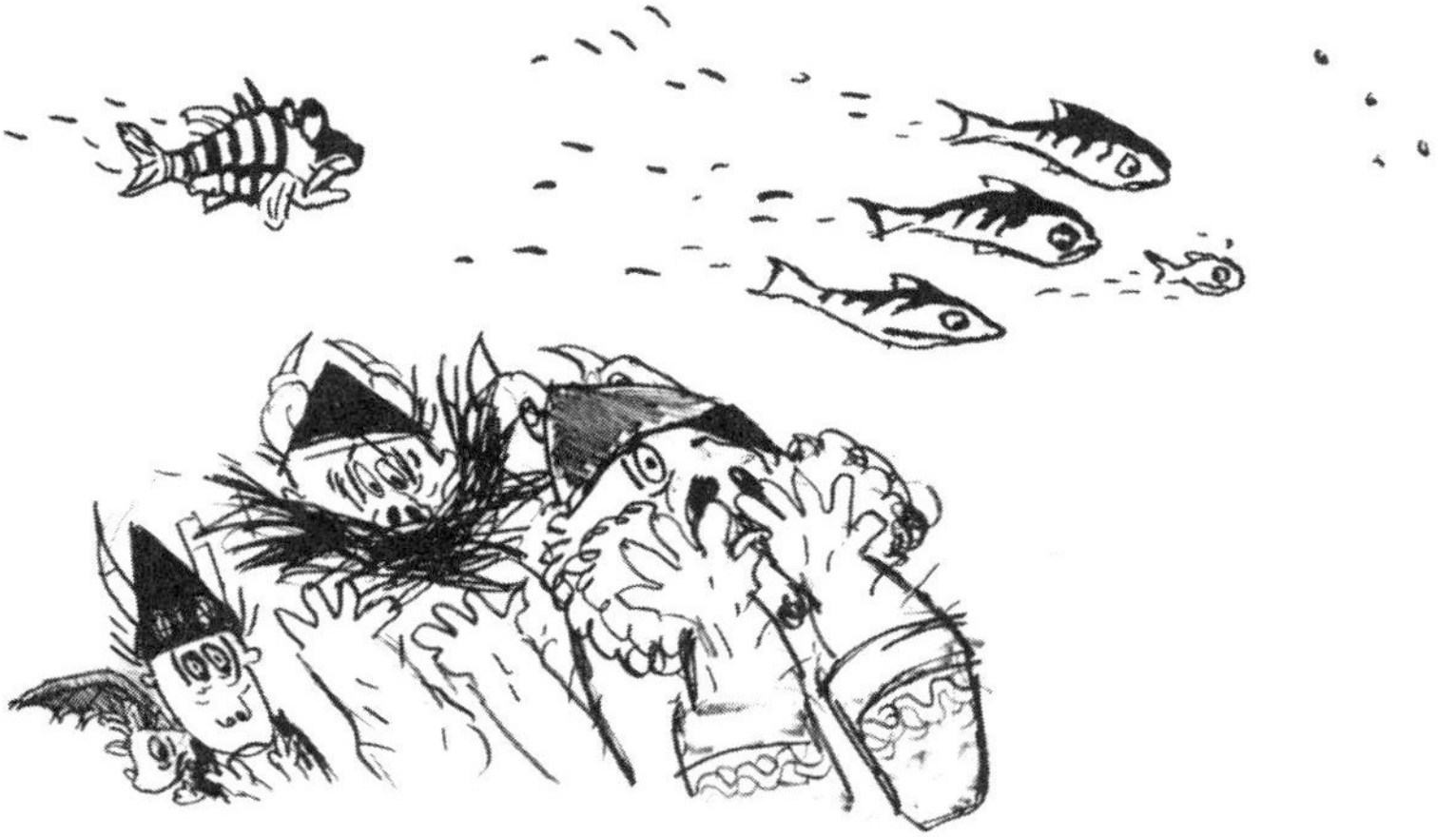

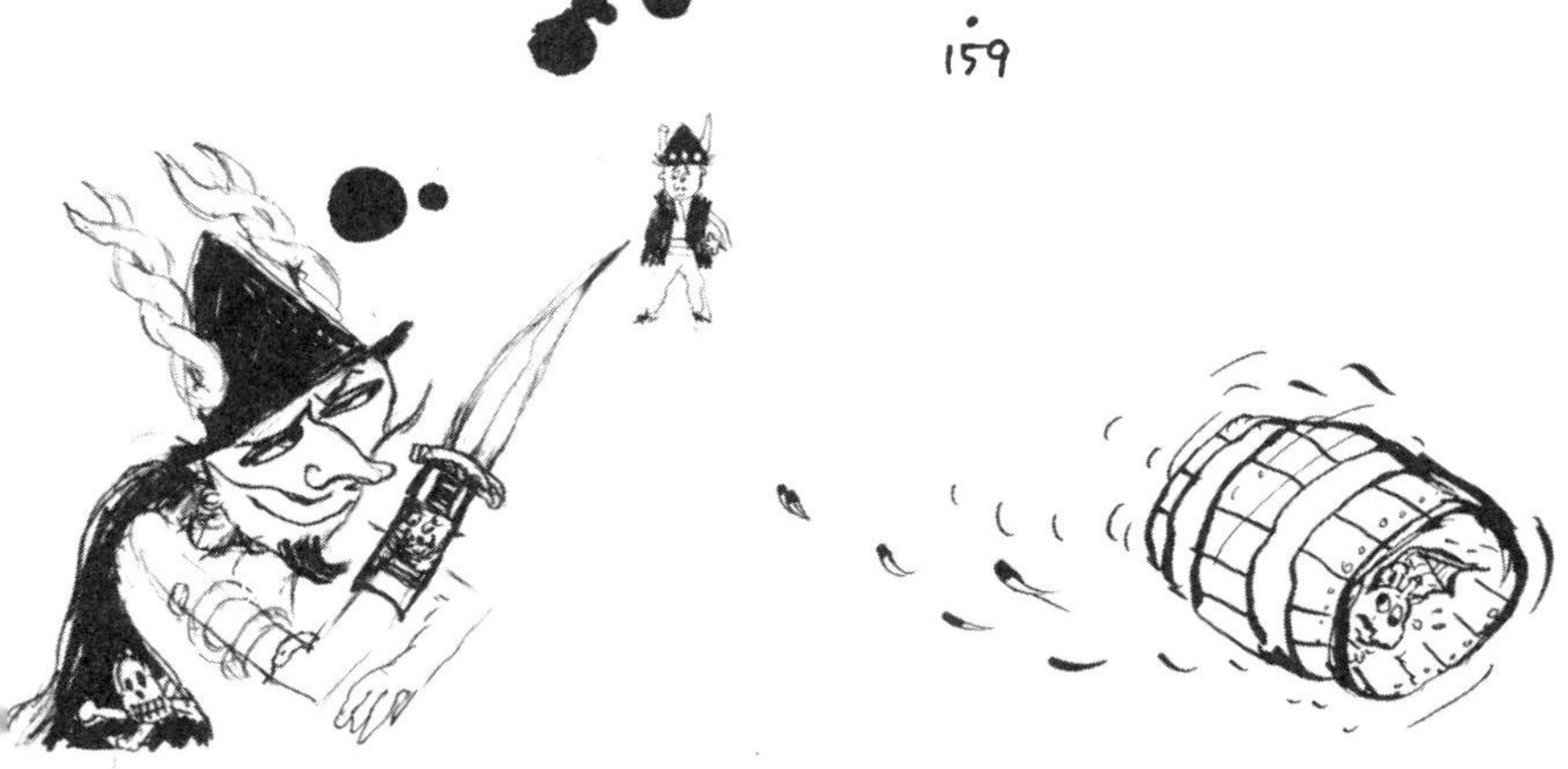

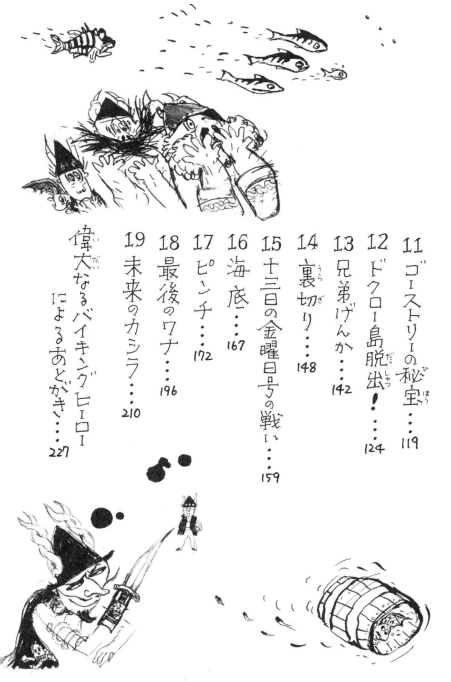

縮尺《しゃくしゃく》は、いいかげん
北
東
西
南
流れ者の領土《りょうど》…
しゃれこうべに宝、あり
キノン国
バーク島

ゴーストリー
宝《たから》の地図
ドクロー島

1 海《かい》上《じょう》剣《けん》術《じゅつ》

雷《かみなり》の神トールは、機嫌《きげん》が悪かった。

夏の激《はげ》しいあらしが、荒涼《こうりょう》としたバーク島を襲《おそ》う。小さな島を取りかこむ海は、たちまち荒《あ》れくるった。黒い風が、うなり声をあげながら、大暴《おおあば》れしている海を横切る。空では、雷《かみなり》がほえ声をあげる。稲妻《いなずま》が、矢のように海を突《つ》きさす。

こんな日に、海に出るのは正気《しょうき》の沙《さ》汰《た》ではない。

ところが、ある一隻《せき》の船が、波から波へと投げとばされていた。大波が横からたたきつけ、なんどもひっくり返りそうになる。まるで船人たちの魂《たましい》を飲みこみ、体中の骨《ほね》を粉々《こなごな》にしそうな勢《いきお》いだ。

「ずぶぬれの
腰《こし》ぬけども！」
と、どなる
ゴバー
教官

船を操《あやつ》っている男の名は、ゴバー。バーク島海賊訓練《かいぞくくんれん》プログラムの教官だ。じつは、この命がけの船旅は、〈海上剣術《かいじょうけんじゅつ》（初心者コース）〉という授業《じゅぎょう》なのだ。

「ずぶぬれの腰《こし》ぬけども！」身長二メートルの毛むくじゃらの大男、ゴバー教官がさけんだ。フェレットみたいなボサボサのひげをたくわえ、両腕《りょううで》には人の頭ほどある力こぶが盛《も》りあがっている。

「いいか、しりに火をつけてこげ！　おまえらは、もうガキじゃねぇんだ。おい、ヒック、そのこぎざまはなんだ？　オールを海にしっかりつっこむんだ。そんなんじゃ、目的地にたどり着くまで一年かかるぞ！」

大波が、うなり声をあげて船にぶつかってきた。ヒック・ホレンダス・ハドック三世は、波を顔にまともにくらい歯を食いしばった。

このヒックこそが、物語の主人公だ。体は小さいほうだし、まったく印象に残らない地味な顔をしているので、その見かけからは信じられないだろうが。

船では、ほかに十人あまりの少年たちが必死にオールをこいでいる。みんな、ヒックより、ずっとバイキングっぽい。

たとえばワーティは、まだ十一歳《さい》なのに、青春のあかしのニキビが顔中に吹《ふ》きでているし、すでに体臭《たいしゅう》で悩《なや》んでいる。ドッグブレスは、鼻くそをほじりながら、片手《かたて》でみんなと同じくらい強くこげる。スノットは、生まれつきのリーダーだ。クルーレスだって、耳に毛が生えている。

それに比《くら》べ、ヒックは、これといった特《とく》徴《ちょう》のない、やせたそばかす少年だった。いたって平凡《へいぼん》で、まったく目立たないのだ。

船の座席《ざせき》の下には、少年たちのドラゴンが寄《よ》りあつまっていた。

そのなかで、ひときわ小さいのがヒックのドラゴン、トゥースレス《歯ぬけ》だ。大きな目をしたエメラルド色のヘイボンドラゴンで、いつもふてくされている。

トゥースレスは、ドラゴン語でヒックにだだをこねていた。(ドラゴン語とは、ドラゴンが話す言葉だ。ドラゴン語を知らない読者のために、物語では人間語に訳《やく》してある。ヒックはドラゴン語がわかる、唯一《ゆいいつ》の人間なのだ。)

「人間みんな、くるくるぱあだ！　トゥースレスのつばさ、しおでガビガビ。こんな大きな水たまりのなか、さむくていやだよお。トゥースレス、おなかすいた。ごはん、ごはん、ごはん！」トゥースレスが、ヒックのズボンをぐいっと引っぱる。

「トゥースレス、そんなこといってる場合じゃないよ」船が怪物《かいぶつ》のような波に乗りあげ、急降下《きゅうこうか》すると、ヒックは思わず身をちぢめた。

「おまえらみたいな腰《こし》ぬけどもは、トール神のお情《なさ》けで、モジャモジャ族の一員になれた

ドラゴンのつばさは
カサのかわりにもなるんだよ

んだぞ。だが、一人前のバイキングになるには、これから四年間、きびしい訓練に耐《た》えなきゃならねぇ。それが、この海賊訓練《かいぞくくんれん》プログラムっつーわけだ」ゴバー教官がさけぶ。

「サイアク……」ヒックは、暗い声でいった。

「まずは、われらバイキングが誇《ほこ》る海上剣術《かいじょうけんじゅつ》の練習だ」ゴバー教官は、にやりと笑った。

「海上剣術《かいじょうけんじゅつ》のルールはただひとつ、ルールがねぇってことだ。かみついたり、えぐったり、引っかいたり、野蛮《やばん》なことをやったやつには、よぶんに点数をやる。最初に、まいったといったやつが負けだ」

「その前に、全員おぼれ死んじゃうよ」ヒックがつぶやく。

「まずはドッグブレス、おまえからだ。だれか、こいつの相手になれ」

ドッグブレスは、血しぶきを見るうれしさに鼻をブヒッと鳴らした。歩く姿《すがた》がゴリラそっくりで、容赦《ようしゃ》なく暴力《ぼうりょく》をふるう。いじわるそうな小さな目をしていて、牛みたいに鼻輪をつけている。まるでタチの悪いイノシシだ。

「ドッグブレスに挑戦《ちょうせん》してぇやつは？」ゴバー教官がくり返す。

「ぼく！」「おいら！」「オレ！」「こっち！」

少年たちが、こぞって手をあげた。ドッグブレスに紙くずのように、くしゃくしゃにされるかもしれないというのに。だが、こんなことは、おどろくことではない。モジャモジャ族は、生まれつきけんか好きなのだ。

ヒックまでもが、とびあがってこうさけんだ。

「ヒック・ホレンダス・ハドック三世も立候補《りっこうほ》します！」

これには、みんなびっくりした。というのも、ヒックは、モジャモジャ族のカシラ、ストイックの跡継《あとつ》ぎではあったが、おせじにも運動神経《うんどうしんけい》ばつぐんとはいえないからだ。〈バッシーボール〉や〈アバレンボウ〉など、バイキングに人気の危険《きけん》なゲームは、どれも苦手だった。ヒックが勝てる相手は、フィッシュくらいだろう。

フィッシュというのは、ヒックの親友で、ヒックと同じくらい運動おんち。右目と左目がちがう方向を向いていて、ど近眼《きんがん》。おまけにアレルギー持ちだ。

「ちょっと、ヒック、何考えてるの？　しゃがみなよ！　ドッグブレスに殺されちゃうよ！」フィッシュが、ささやく。

「だいじょうぶだよ、フィッシュ。自分の力を試して

みたいんだ」

「ん、ヒックか？」ゴバー教官は目を丸くした。「ようし、こっちへこい。たまには、いいところを見せてみろ！」

「モジャモジャ族のカシラになるためには、何かで一番にならなくちゃ」ヒックは、上着を脱《ぬ》ぎ、剣《けん》を腰《こし》に取りつけながらフィッシュにささやいた。

「何かって、これじゃないことはたしかだよ！　アイデアコンテストとかドラゴン語大会とは、わけがちがうんだよ。ドッグブレスみたいな野獣《やじゅう》と一対一で戦って、どうやって勝つつもり？　絶対《ぜったい》、だめだよ！　だめ、だめ、だめ！」

　ヒックは無視《むし》した。

「ホレンダス・ハドック家は、先祖代々《せんぞだいだい》、剣術《けんじゅつ》が強いんだ。ぼくも、その血を受けついでいるはずさ。なんたって、ぼくのひいひいじいちゃんは、史上最強の剣士《けんし》、ゴーストリーなんだから」

「でも、きみは剣《けん》を使って本気で戦ったことなんてあるの？」フィッシュがきいた。

「……ない。でも、戦い方なら本で読んだことがある。技《わざ》だって全部知ってる。〈串刺《くしざ》し突《つ》き〉とか、〈大魔《だいま》神防御《じんぼうぎょ》〉とか、〈ゴーストリー斬《ぎ》り〉とか。それに、このかっこいい新しい剣《けん》を使ってみたいんだ！」

なるほど、ヒックの手には、〈スピードソード〉というみごとな剣《けん》が握《にぎ》られていた。動きをすばやくする細工《さいく》がされていて、柄《え》がシュモクザメの頭の形をしている。

「それに、ただの練習だし」

訓練では、剣《けん》に木のさやをつけて戦うのだ。

「ったく、おいらが小さいころは、そんな手加減《てかげん》はなかったぞ」とゴバー教官は、よくブツブツ文句《もんく》をいった。だが、このおかげで、命びろいしたモジャモジャ族は数知れない。

フィッシュは、ため息をついた。

「どうしてもやるっていうんなら、わかったよ。敵《てき》の目をまっすぐ見て、剣《けん》はしっかりかまえてね。あとは、トール神に祈《いの》るしかないね。神様でも味方につけなきゃ、勝ち目はないよ」

2 一騎打《いっきう》ち

ドッグブレスは、甲板《かんぱん》の上で武者震《むしゃぶる》いをした。

「こてんぱんにやっちまえ！」ドッグブレスの親友で、いじめっ子のスノットがさけんだ。スノットは、ヒックが大嫌《だいきら》いなのだ。

「おう！」ドッグブレスが、にかっと笑う。

「こりゃ、血みどろの試合になるで。おらの主人が、ヒックを八《や》つ裂《ざ》きにして、カモメにくれてやらあ！」ドッグブレスのドラゴン、シースラグが声をあげた。鼻がぺしゃんこにつぶれている、ブサイクで短気な体の大きいグロンクルドラゴンだ。

「そんなことないやい！」トゥースレスは、自信がなさそうにいった。そして、シースラグのしっぽを、カギづめですばやく引っかくと、座席《ざせき》の下にさっとかくれた。

一方、ヒックは、ごくりとつばを飲みこんで、ばかでかいドッグブレスに向かって、じりじりとにじりよった。『ヒーロー入門』には、自分より大きい相手と戦うときは、どうすればいいって書いてあったっけ？　にげまわって、敵《てき》が疲《つか》れるようにしむけるとか、敵《てき》の体重をうまく利用してとか……たしかそんなこと。

「つかまったら、おわりだぞ！」トゥースレスは、座席《ざせき》の下から顔を出してさけんだ。と、シースラグが突撃《とつげき》してきたので、あわてて引っこむ。シースラグのするどい歯が空気をかんで、ガシャリと大きな音を立てた。

ヒックは、ドッグブレスの意地の悪い小さな目をまっすぐに見つめながら、落ちついてゆっくりと前に出た。

ドッグブレスは、にたりと笑ったかと思うと、ヒックの首めがけて剣《けん》をふるった。

ひょいと身をかがめるヒック。

「やった！　ヒック、その調子！」フィッシュが声援《せいえん》を送る。

ドッグブレスは、目を疑《うたが》った。そして、もう一度、さっきよりも乱暴《らんぼう》に剣《けん》をふるった。

ふたたび、ひょいと身をかがめるヒック。

そのあまりにも速い身のこなしに、ドッグブレスは思わずよろめき、倒《たお》れそうになった。

ドッグブレス

「ヒック！　ヒック！　ヒック！」少年たちが、声をそろえてさけびはじめる。一か月前、ヒックは、シードラゴンをひとりで退治《たいじ》して、モジャモジャ族を救ったので、それ以来仲間に尊敬《そんけい》されているのだ。（くわしくは、『ヒックとドラゴン』第一巻《かん》、『伝説の怪物《かいぶつ》』を読もう。）

ヒックは、うれしくなってきた。なんだか、いい気分。

一方、ドッグブレスは、怒《いか》りで熱くなっていた。フガーッと鼻を鳴らすと、ヒックの心臓《しんぞう》めがけて剣《けん》を突《つ》きだす。ヒックは、すばやく身をかわした……が、足をすべらせて、すってんころりん、うつぶせに倒《たお》れこんだ。ドッグブレスが、すかさず、ごつい手でヒックのシャツをうしろからつかむ。

なんだか、やばい感じ。ええっと。つかまったら、どうするんだっけ？　ヒックは考えた。

すると、トゥースレスが座席《ざせき》の下から現《あらわ》れ、ヒックの鼻先でほんの二、三秒パタパタと飛びながら、かん高い声でさけんだ。

「まいったっていえ！　まいったっていえ！」そして、座席《ざせき》の下にすっとんでもどった。

「降参《こうさん》はしない。ぼくは、りっぱな海賊《かいぞく》になるんだ。海賊《かいぞく》は、まいったなんていわない」

ヒックは、きっぱりと答えた。

「かっこつけやがって」ドッグブレスは、ヒックのかぶとを剣《けん》でカキーン、コキーンとたたいた。ヒックは、なんとかよけようとするが間に合わない。

うわあ、ぼく、かっこわるい。本で読んだ技《わざ》、やらなきゃ。ヒックは、剣《けん》がかぶとにあたる三度目の音を聞きながら思った。よし、大魔神防御《だいまじんぼうぎょ》を試してみよう。

かっこよく動く自分の姿《すがた》が目に浮《う》かんだ。ところが、いざやってみると、頭で考えるようには腕《うで》が動いてくれない。とうとう、ヒックは、手に握《にぎ》っていたスピードソードをドッグブレスにうばわれ、海に投げすてられてしまった。

まわりの少年たちの笑い声がひびきわたる。

フィッシュとトゥースレスの顔がくもった。

「トゥースレス、見てらんない。まいったっていえ、とんま！」トゥースレスは、つばさで目をおおった。

「さあ、どうする？　素手《すで》で戦うつもりか？　降参《こうさん》しろよ」スノットがあざ笑った。

「やだ！」ヒックは、あきらめない。

ドッグブレスは、とどめにヒックの横腹《よこばら》をぐいぐいと突《つ》いてきた。

「ヒック、いいかげんにしろ！　なんだその赤《あか》ん坊《ぼう》みたいな戦い方は！　地面に転がってうめいているだけじゃ、どうしようもねぇだろう。足首にかぶりつくとか、なんとかしてみろ！」ゴバー教官が、顔を真《ま》っ赤《か》にしてどなる。

「まったく、マヌケなやつだぜ」スノットは、楽しくてしかたがないようだ。「こいつはしょせん、マヌケのヒックなんだ。一か月前のドラゴン退治《たいじ》は、まぐれだったってことさ。マヌケ！　マヌケ！　マヌケ！」

少年というのは、気が変わりやすいものだ。ヒックを尊敬《そんけい》する気持ちは一気に冷め、みんなは声を合わせてさけびはじめた。

「マヌケ！　マヌケ！　マヌケ！」

ドラゴンたちも加わった。

「目をえぐりとっちまえ！」とブライトクロー。

「腕《うで》をもぎとっちゃいなさいよ！」とファイヤークイーン。

「……まいったっていえ」とトゥースレス。

ドッグブレスは、満足げに鼻をブヒンと鳴らして、剣《けん》を放りなげた。取っ組み合いのけんかなら、望むところだ。敵《てき》に直接《ちょくせつ》ダメージをあたえられる。いよいよ本領発揮《ほんりょうはっき》だ。

ドッグブレスは、ヒックの上に乗っかった。少年たちの歓声《かんせい》がさらに大きくなる。声援《せいえん》にこたえて、ドッグブレスは両手でヒックの耳をねじまげて、顔を床《ゆか》におしつけた。

「うわあ、見てられないよ……」フィッシュは、思わず目を閉《と》じた。「ヒック、がんばれ！　敵《てき》の体重を利用するんだ！」

「この状態《じょうたい》で、どうやってそんなことできるんだよ」ヒックが、ひんまがった口で答える。

と、スノットが、こっそりとドッグブレスの剣《けん》をつかんで、木のさやをはずした。みんなは、試合に夢中《むちゅう》で気がつかない。

「まいったか、まいったか、まいったか！」ドッグブレスは有頂天《うちょうてん》になって、ヒックの背《せ》中《なか》の上でジャンプしている。

「まいるもんか！」ヒックが答えた。

「ヒックぼうやが泣きだすのは、時間の問題だぜ」とスノット。

「マヌケ！　マヌケ！　マヌケ！」少年たちの大合唱が続く。

そのとき、トゥースレスが、ふたたび座席《ざせき》の下から現《あらわ》れた。あたりをきょろきょろ見まわす。シースラグはいない。目の前には、ドッグブレスの巨大《きょだい》なおしりがゆれている。もう、がまんできない……。トゥースレスは、口をめいっぱい開いた。

トゥースレスは、その名のとおり歯《は》が生えていない。だが、その小さいけれどかたい歯ぐきは、カキの殻《から》やカニのつめさえ、かみくだくことができる。

トゥースレスは座席《ざせき》の下から飛びだすと、ぶるんぶるんとゆれているドッグブレスのおしりに、ガブリとかみついた。

もう、がまんできない！

「ひぃぃぃぃいいいいいいい！」ドッグブレスが悲鳴をあげ、とびあがる。そのすきに、ヒックは死《し》に物狂《ものぐる》いで、はい出した。

ドッグブレスは、怒《いか》りくるった。さやがついていないのを知ってか知らずか、剣《けん》をつかんでヒックに突《つ》きつける。ヒックは、すんでのところで身をかわしたが、するどい刃《は》にシャツを切りさかれてしまった。

「うわっ。ドッグブレス、さやがついてないって！」

ヒック、絶体絶命《ぜったいぜつめい》の危機《きき》。

ドッグブレスには、ヒックの声が聞こえていないようだ。野獣《やじゅう》のようなほえ声をあげると、ヒックの首めがけて剣《けん》を思いっきり横にふった。ヒックが首をすくめる。するどい刃《は》は、ヒックのかぶとの角《つの》をスパッとちょん切ると、そのまま船のマストに突《つ》きささった。

「やめろ！　剣《けん》にさやがついてないって！　ぼくを殺す気？」

ドッグブレスは、目を血走らせて、マストにめりこんだ剣《けん》を引きぬこうとしている。ヒックの声は、まったく耳に入っていない。筋肉《きんにく》もりもりの腕《うで》で、ありったけの力を使って剣《けん》を引っぱった。と、とつぜん、剣《けん》がすぽんとマストからぬけ、ドッグブレスは大きなしりもちをついた。ちょうどトゥースレスにかみつかれた部分に衝撃《しょうげき》が走る。

「いてぇぇぇぇえ！」

「はっはっはっはっはっは！」少年たちは、大笑い。

ドッグブレスは、よろよろと立ちあがると、もりを打ちこまれたクジラのように荒《あ》れくるい、「うぉ～」とおたけびをあげながらヒックに向かっていった。ヒックは、身をかわしたが、足をすべらせた。間髪入《かんぱつい》れず、ドッグブレスが片方《かたほう》の巨大《きょだい》な手でヒックをおさえつけ、もう片方《かたほう》の手に握《にぎ》られている剣《けん》をふりかざした。

「や、やめて！」ヒックが悲鳴をあげる。

ドッグブレスは、ヒックの胸《むね》めがけて剣《けん》をふりおろした。

こうして、ヒックの短い人生は幕《まく》を閉《と》じた……と思ったそのとき、信じられないことが起きた。船がとつぜん傾《かたむ》き、特大の波に乗りあげると急降下《きゅうこうか》し、海にぷかぷかと浮《う》いていた大きな物体にぶつかったのだ。この衝撃《しょうげき》で、船に大きな穴《あな》があいた。

「脱出《だっしゅつ》！」スノットのドラゴン、ファイヤークイーンの金切り声とともに、少年たちのドラゴンは大きなコウモリのように空に舞《ま》いあがった。ドラゴンは、身の危険《きけん》を感じると、主人を見すてるのだ。

船は、バイキングの少年たちを海へふり落とし、まっぷたつに折れた。そして十秒後、ため息のような音とともに海のなかに姿《すがた》を消した。

ヒックは、せっかくドッグブレスに殺されずにすんだのに、今度はおぼれ死にそうになっていた。息ができないくらい、神経《しんけい》が麻《ま》痺《ひ》するくらい、心臓《しんぞう》が止まるくらい冷たい海のなかで、必死に犬かきをする。頭のなかは真っ白で、何も考えられない。

すると、ヒックのかぶとに、何かがボンッと着地した。

「なかなか、やるじゃん！」トゥースレスが、ヒックの顔を上からのぞきこんでいった。

「ねえ、お昼ごはん、まだ？」

「あのさ、見ればわかると思うけど、いま、それどころじゃないの」ヒックは、トゥースレスの重みで沈《しず》み、海水をがぶっと飲みこん

だ。「それより、フィッシュをさがしてきて。あいつ、かなづちなんだ」
泳げるヒックでさえ、この荒波《あらなみ》では浮《う》かんでいるのがやっとだ。
しばらくすると、トゥースレスは青い顔をしてもどってきた。
「フィッシュ、おぼれてる。早くたすけろ。こっち！」
そういうと、また飛んでいった。
どうやって助け

ろっていうんだよ……ヒックがそう思ったとき、
奇跡《きせき》が起きた。

3 奇跡《きせき》

船に穴《あな》をあけた物体、つまり、ヒックをドッグブレスから救ったものは、長さ百八十センチ、幅《はば》九十センチほどの大きくてどっしりとした箱だった。

箱は、犬かきを続けるヒックの手に届《とど》く距離《きょり》まで流れてきた。横には、「つかめ！」とでもいうように、鉄の取っ手がいくつもついている。

それは、二十分前に、トンマ島に住むトンマ族が、高笑いしながら海に放りなげたものだった。強い風が、あっという間に、こんな沖《おき》まで運んできたというわけだ。

謎《なぞ》の箱が、はるばると広大な海を越《こ》えて一隻《せき》の船にぶつかり、絶体絶命《ぜったいぜつめい》のヒックを救うなんて、奇跡《きせき》としかいいようがない。ロマンチックな人なら、こういうだろう。その箱は、ヒックとめぐり会う運命だったのだと。だがあいにく、バイキングは、そんなことを思うガラじゃない。それに、そんなこと、あるわけがない。

ヒックは、箱の取っ手をつかんだ。ほっと息をつくやいなや、巨大《きょだい》な波がヒックと箱を持ちあげ、遠くに放りなげた。と、目の前で、トゥースレスが、おぼれているフィッシュを必死に助けているのが見えた。フィッシュのシャツのうしろをカギづめでぎゅっとつかみ、緑色の顔を真っ赤《まっか》にさせながら、つばさをばたつかせている。フィッシュを引っぱりあげるのは、これで三回目。トゥースレスは、もう限界《げんかい》だった。折れたオールにしがみついているフィッシュも、疲《つか》れはてていた。とつぜん、ヒックと謎《なぞ》の箱が現《あらわ》れなかったら、おぼれ死んでいただろう。

一瞬《いっしゅん》、海がおだやかになった。そのすきに、ヒックとトゥースレスは、フィッシュを箱の上に引っぱりあげた。

フィッシュは、アメンボのように箱にへばりついた。顔は真っ青《まさお》、でも生きている。

それから五分後、ムチのように吹《ふ》きすさぶ風に運ばれて、ヒックたちはロングビーチに流れついた。おどろいたことに、ゴバー教官とほかの少年たちも全員無事だった。

しかしゴバー教官は、生徒たちを抱《だ》きしめたりはしなかった。

「うむ。まあ、今日《きょう》のことは、ほめてやろう」教官は鼻をすすって、しぶしぶといった。

「だが、ちんたらしすぎだぞ。ほら、フィッシュ、さっさと来い！　次の訓練がおくれちまった！」

フィッシュは、はあはあと息を切らしながら、やっとの思いで箱からおり、浜辺《はまべ》にくずれ落ちた。すると、ゴバー教官の表情《ひょうじょう》が一変した。

箱は、ただの箱じゃなかったからだ。

それは、なんと棺桶《かんおけ》だった。

海にぷかぷかと浮《う》いていたのは、二メートル近くもある大きな棺桶《かんおけ》だったのだ。

しかも、ふたには、こう書かれていた。

危険《きけん》！
絶対《ぜったい》に開けるな

4 棺《かん》桶《おけ》

少年たちは、おぼれかけたこともすっかり忘《わす》れて、興味津々《きょうみしんしん》な顔で棺桶《かんおけ》を取りかこんだ。

「教官、棺桶《かんおけ》っす」

「ワーティ、そんなもん、見ればわかる」ゴバー教官は、ぴしゃりといった。「だが、だれのだ？」

答えは、「絶対《ぜったい》に開けるな」の下に書かれていた。短剣《たんけん》のようなもので刻《きざ》まれた文字が、血で赤黒くそめられている。

インナー諸島全域《しょとうぜんいき》を恐怖《きょうふ》におとしいれた偉大《いだい》なる海賊《かいぞく》、
ゴーストリーの眠《ねむ》りをさまたげるものには呪《のろ》いあれ

ヒックは、背筋《せすじ》がぞっとした。なんだか、すごく悪い予感がしたのだ。

ゴーストリーとは、ヒックのひいひいじいさんで、〈ゴーストリーの秘宝《ひほう》〉という有名

な言いつたえがある。ゴーストリーが、伝説の剣《けん》〈ストームブレード〉や、たくさんのきらびやかな宝物《たからもの》を、いかにして力ずくで勝ちとったかが、いまもなお語りつがれている。ゴーストリーは、二十年近くインナー海を支配《しはい》したのち、謎《なぞ》の冒険《ぼうけん》に出かけたきり帰ってこなかったという。宝物《たからもの》といっしょに、こつぜんと姿《すがた》を消してしまったのだ。

それから百年後、棺桶《かんおけ》におさまって、バーク島にもどってきたというわけか。気味悪いったらありゃしない。

「すげえ。きっと、なかには宝《たから》がざくざくだ。教官、開けていいっすか？　ねえ、開けましょうよ」ワーティが興奮《こうふん》していった。

「開けろ！　開けろ！」ヒック以外の少年たちがさわぎはじめた。

ヒックは、ゴーストリーが、どんな人だったかを知っている。ものすごく欲《よく》ばりで残忍《ざんにん》で、血も涙《なみだ》もない海賊《かいぞく》のなかの海賊《かいぞく》。北の海を制覇《せいは》した最初のバイキングだ。そんな人が、開けるなといってるんだから、なかに宝《たから》があろうとなかろうと、そっとしておいたほうがいい、というのがヒックの個人的《こじんてき》な意見だった。

たとえ、死んでから百年たっていたとしても……。

いや、百年もたっているからこそだ。

「ようし！　次の〈上級ののしり言葉〉の授業《じゅぎょう》は、おあずけだ。これは、世紀の大発見かもしれねぇから、カシラと長老たちにすぐ報告《ほうこく》するぞ。ベアハグ、シャープナイフ、ワーティ、クルーレス、棺桶《かんおけ》をモジャモジャ村まで運べ！」ゴバー教官もすっかり興奮《こうふん》している。

少年たちは、棺桶《かんおけ》を肩《かた》にかついだ。

「おらおら、よろけるんじゃねぇ。これも、海賊訓練《かいぞくくんれん》のひとつだ。母《かあ》ちゃんとピクニックに来てるんじゃねぇんだぞ。早足、進め！　おいっちに、おいっちに、おいっちに」ゴバー教官は、モジャモジャ村へと大またで歩きはじめた。

ヒックは、まだ大きな岩の上でブルブルと震《ふる》えながら呼吸《こきゅう》を整えていた。そこへ、スノットとドッグブレスが近づいてきた。

「さっきは、せっかくおもしろくなってきたところだったのによ、なあ、ドッグブレス」スノットが、いじわるそうにいった。

「グフッ」ドッグブレスが笑いをもらした。

「あれは、見ものだったよな」スノットは、船上の試合を思いだしながら、まだ浜辺《はまべ》に残っている少年たちにいった。「ヒックほど剣術《けんじゅつ》が下手《へた》くそなやつは見たことないぜ。おい、ヒック。背中《せなか》の曲がったばあさんみてぇな戦い方をするやつが、一族のカシラになれると思うか?」

「じゃあ、だれがなるっていうんだよ。まさか、きみだっていうんじゃないだろうね!」フィッシュがいった。まだ、棺桶《かんおけ》から落ちたままの姿勢《しせい》だ。

スノットは右腕《みぎうで》をあげ、筋肉《きんにく》をピクピクさせた。力こぶに彫《ほ》られたドクロのタトゥーが得意気《とくいげ》に笑っているように見える。

「カシラに一番ふさわしいのは、このオレだ。いまのカシラとも、血がつながってるし」

スノットは、カシラの弟バギーバムの息子で、ヒックとはいとこ同士なのだ。

「リーダーの素質《そしつ》もある。それに顔もいい。まっ、完璧《かんぺき》ってことだ」スノットは、のばしかけのチョビひげをなでた。

残念ながら、それは本当だった。

スノットは、〈暴力訓練《ぼうりょくくんれん》〉や〈上級ののしり言葉〉など、どの授業《じゅぎょう》でも文句《もんく》なしのトッ

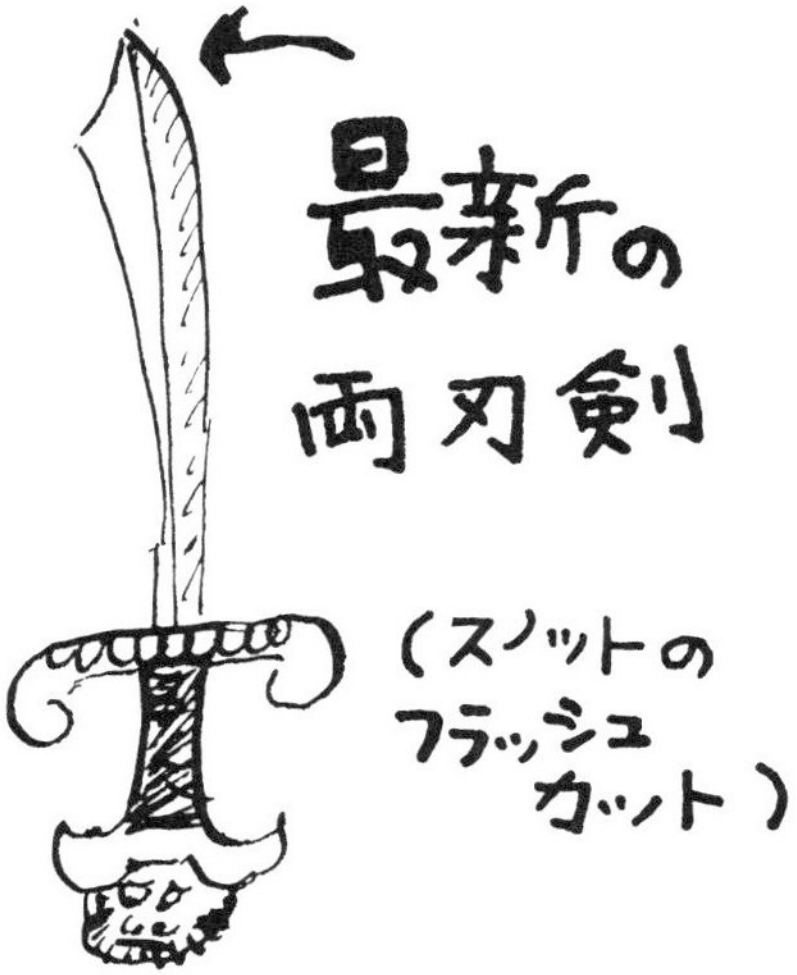

プだったし、何をやらせても一番だった。

「とくに、剣術《けんじゅつ》の腕《うで》はみごとだぜ」スノットは、そういいながら剣《けん》をさやからぬいた。

少年たちが、はっと息をのむ。

「わっ、最新の両刃剣《りょうばけん》だ！　刃《は》がカーブしてて、表面に模様《もよう》が入ってるんだよな。どこで手に入れたんだ？」フィストがきいた。

「こいつは、〈フラッシュカット〉っていうんだ」

スノットは、その美しい剣《けん》で空《くう》を切って見せた。

「これに比《くら》べたら、海に投げすてられた、おまえのスピードソードは、おもちゃみたいだろう？　えっ、ヒック？　本当の剣術《けんじゅつ》ってものをオレが見せてやる。これが、〈悪魔《あくま》の突《つ》き〉だ！」

スノットは、フェンシングの選手のように剣《けん》を突《つ》きだした。

ヒックが、身をかわす。

「これが、〈大魔神防御《だいまじんぼうぎょ》〉だ！」野獣《やじゅう》のようなほえ声とともに、スノットは剣《けん》をふりおろし、ヒックをまっぷたつに切りさく寸前《すんぜん》で止めた。

「そして、これが、〈ゴーストリー斬《ぎ》り〉だ！」スノットは、フラッシュカットを右に左に器用にふりまわし、それからとつぜん、前に飛びだした。剣《けん》の先が、ヒックの心臓《しんぞう》の数センチ手前でぴたりと止まる。

「たしかおまえ、三歳《さい》のおむつこぞうにも勝てなかったよな？　おまえみたいなぐずに、こんな技《わざ》ができるか？」

ヒックは、だまっている。

「これが、本当の剣術《けんじゅつ》ってもんだ。わかったか！　オレは天才だ。モジャモジャ族の歴史始まって以来の、最高のカシラになってやる」スノットは、満足そうに剣《けん》をさやにおさめた。

「残念だなあ。あとは、きみの脳《のう》みそが、その鼻の穴《あな》くらい大きかったら、いうことないんだけどね！」フィッシュがいった。

少年たちが、どっと笑う。スノットは、真《ま》っ赤《か》になってヒックのえり元をつかむと、体ごと地面から持ちあげた。

「ドッグブレスの剣《けん》のさやが、なぜとれていたと思う？」スノットは、ヒックの顔につばを飛ばしてさけんだ。「今回は運がよかっただけだ。だが、いつもいいとは思うなよ。この負け犬やろう！　よし、ドッグブレス、行くぞ。この、いくじなしは、そろそろねんねの時間だそうだ」

ヒックを地面に落とすと、スノットは帰《かえ》り際《ぎわ》に、わざとフィッシュの手をぐいぐいとふみつけた。

「おっと、これは失礼！」スノットが笑う。

「ヘッヘッヘッヘッへ」ドッグブレスがへらへらと笑う。

それからふたりは、肩《かた》で風を切りながら去っていった。

「スノットがカシラになったら、ぼく、ほかの国に引っこすよ」フィッシュは、手をさすりながらいった。

「だいじょうぶ？」ヒックは、まだあお向けにひっくり返っているフィッシュを見て、心配そうな顔をした。

「へっちゃらさ！　朝の海水浴は気持ちいいね」フィッシュは、ゴボッと海水を吐《は》きだした。

「ああ、こんな楽しいことはないね」ヒックは疲《つか》れた顔で答えると、片方《かたほう》の長靴《ながぐつ》を脱《ぬ》ぎ、さかさまにした。海水と小さな魚が二ひき、流れおちる。「海賊訓練《かいぞくくんれん》の初日だっていうのに、剣術《けんじゅつ》では、こてんぱんにやられちゃうし、ドッグブレスにはなぐられるし、船は難破《なんぱ》するし、おぼれ死にそうになるし。こんなにいろいろあったのに、まだ朝の十時だよ！」

「剣《けん》が合ってないのかもよ」やさしいフィッシュは、心にもないことをいった。

とたんに、ヒックの顔がぱっと輝《かがや》いた。

「そうかも！　たしかにちょっと軽かったんだ。もっとどっしりとした剣《けん》だったら、自分の体重をうまく乗せてコントロールできるかもしれない。きっとそうだ。ぼくは、剣術《けんじゅつ》の才能《さいのう》がある気がするんだよね」ヒックは、そういって、剣《けん》を突《つ》きだすふりをした。

「……そ、そ、そうだね。練習すれば、もっともっとうまくなるよ」ヒックの剣術《けんじゅつ》は、だれよりも下手《へた》くそだったけれど、フィッシュはヒックを傷《きず》つけたくなかったのだ。

ヒックは、大きくうなずいた。

「さて、ぼくたちもモジャモジャ村に帰ろうよ。凍《こご》えちゃう。それに、だれかが棺桶《かんおけ》を開けようなんていいだしたら大変だ。そういうバカなことばかり考える連中だからなあ」

「何が入ってると思う？」とフィッシュ。

「さあね。でも、ゴーストリーみたいな海賊《かいぞく》が、なんのしかけもなしに、宝《たから》をかくすとは思えないんだ。棺桶《かんおけ》のふたに書いてあっただろ。どんなワナがあっても、ふしぎじゃないよ」

ヒックがそういうと、フィッシュはため息をついて、ふらふらと立ちあがった。ふたりは、モジャモジャ村に向かって、ゆっくりと歩きだした。ヒックのかぶとには、トゥースレスが乗っかっている。

「まさか、開けたりしないよね？　みんなそこまで、バカじゃないよね？」フィッシュが、心配そうにつぶやいた。

5　死体

モジャモジャ村に着くと、ヒックとフィッシュは半乾《はんがわ》きの服に着がえた。バーク島は湿気《しっけ》が多く、洗濯物《せんたくもの》がカラッと乾《かわ》くことがない。冷たく湿《しめ》っているものが、温かく湿《しめ》ったものになるだけだ。

ふたりは着がえおえると、急いで村の集会所へと向かった。

集会所では、カシラのストイックが村人全員を呼《よ》びあつめ、村民会議を開いていた。みんなは、暖炉《だんろ》の前のテーブルに置かれている棺桶《かんおけ》を、一目見ようとおし合いへし合いしている。

ヒックとフィッシュは、人ごみをかき分けて前に進んだ。

「おっ、わしのせがれじゃないか」棺桶《かんおけ》の前で、長老たちと熱心に話しこんでいたストイックは、ヒックに気づくと、のんきにいった。

カシラは、真《ま》っ赤《か》な髪《かみ》の毛《け》をした、たくましい男で、おなかがほかの部分より三十センチくらい前につき出ている。

「さすが、わしの息子だ。すごい発見をしたじゃないか、えっ？　ゴーストリーの秘宝《ひほう》だぞ」ストイックは、ヒックの髪《かみ》の毛《け》をくしゃくしゃとかき回した。

「うん。父《とう》さん、でも……」

「いま、開けようとしてたところだ」

「まあ待て……」とつぜん、リンクリーじいさんが口をはさんだ。モジャモジャ族で一番年寄《としよ》りで、一番かしこいおじいさんだ。「棺桶《かんおけ》のふたには、はっきりと〈絶対《ぜったい》に開けるな。インナー諸島全域《しょとうぜんいき》を恐怖《きょうふ》におとしいれた偉大《いだい》なる海賊《かいぞく》、ゴーストリーの眠《ねむ》りをさまたげるものには呪《のろ》いあれ〉と書かれておる。わしの長年の経験《けいけん》からいえば、開けるな、と書いてある棺桶《かんおけ》は、開けないほうがいい」

「ぼくもそう思うよ。ゴーストリーじいさんは、ひどい人だったっていうじゃないか。棺《かん》桶《おけ》を開けた人には、きっと恐《おそ》ろしい罰《ばち》があたるよ」ヒックの顔は、すっかり青ざめている。

考え中のストイック

こんなとき、偉《い》大《だい》な
カシラならどうする？

「くだらない！」ストイックは、ふんっと鼻であしらった。「そんな程度《ていど》のおどしでは、墓《はか》どろぼうは追っぱらえても、わしらバイキングは追っぱらえるものか！　死もあらしも恐《おそ》れぬわしらは、そんな子どもだましには引っかからんのだ！」

「そうだ！」「さすが、カシラ！」という声が、あちこちからあがる。

「棺桶《かんおけ》を開け、ゴーストリーの秘宝《ひほう》を一目見たいものは、賛成《さんせい》の声を」

「賛成《さんせい》！」ヒックとフィッシュとリンクリーじいさん以外、全員がさけんだ。

「に、にげようよ」トゥースレスは、ヒックのシャツにもぐりこんだ。

フィッシュは、人ごみのなかにあとずさりした。

ストイックが、棺桶《かんおけ》の留《と》め金《がね》を不器用《ぶきよう》にはずす。

「まずいよ、絶対《ぜったい》にまずいって」ヒックは、棺桶《かんおけ》からじりじりと遠ざかった。

ストイックが、ゆっくりとふたを開ける。

「まずいよ、絶対《ぜったい》にまずいって」ヒックはつぶやいた。

キィィィイイイイイイイ……。

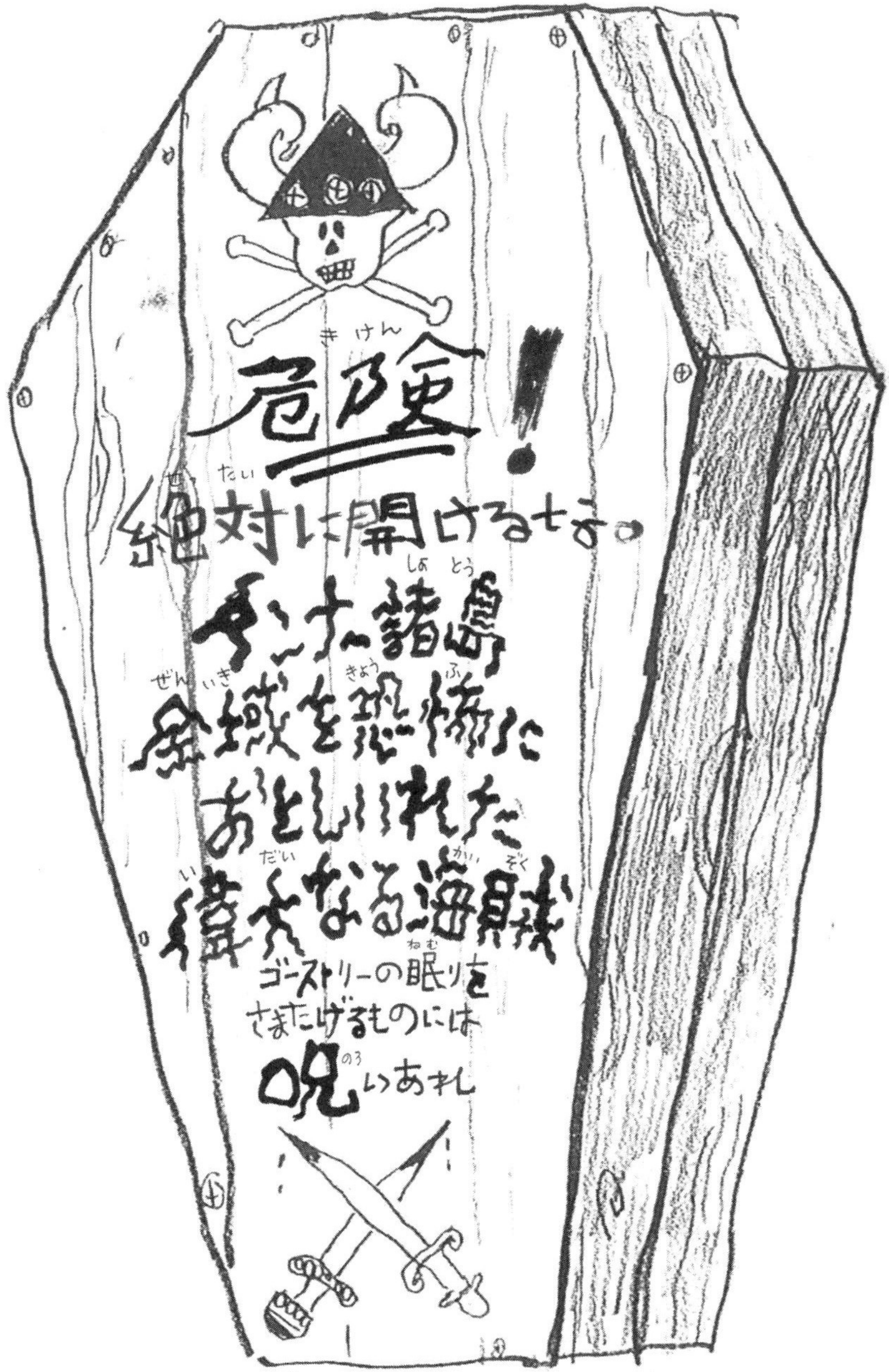
危険《きけん》！
絶対《たい》に開けるな。
ナ〜ナ〜諸島《しょとう》
全域《ぜんいき》を恐《きよう》怖《ふ》に
おとしいれた
偉《い》大《だい》なる海《かい》賊《ぞく》
ゴーストリーの眠《ねむ》りを
さまたげるものには
呪《のろ》いあれ

棺桶《かんおけ》のふたが、バタンと反対側に倒《たお》れた。

と、海水が一気にあふれ出し、ストイックは飛びのいた。

ほかのみんなは、怖《こわ》がっているそぶりを見せまいとしている。

ストイックが、棺桶《かんおけ》のなかをのぞく。

一瞬《いっしゅん》の間《ま》。

「美男子とは、いえんな」ストイックは、死体を見ても、なんともないというようにいった。

「いや、カシラに似《に》てますよ」棺桶《かんおけ》をのぞいたゴバー教官がいった。

「たしかに、ヘフティー大おばさんにも似《に》てる」バギーバムがうなずいた。

ヒックは、目をむりやり開けた。りっぱな海賊《かいぞく》になるためには、こういうことにも慣《な》れなくてはいけない。まずは棺桶《かんおけ》のはしに目をやり、それからなかに目を移《うつ》す。

そこには、緑と黄色に変色したゴーストリーの死体が寝《ね》そべっていた。思ったより、傷《いた》んでいない。顔には、ぬるぬるとした藻《も》がはりついているけれど、うじ虫などはわいていないみたいだ。静かに、安らかに眠《ねむ》っている。

そのとき、死人の真っ白な指がピクッと動いたような気がした。

ヒックは、まばたきし目をこらした。目の錯覚《さっかく》だったのだろうか。

するると、指が震《ふる》えはじめた。今度は、はっきりとわかる。

「し、死体が、動いてる！」ヒックが悲鳴をあげた。

「バカいえ！　死んでるもんが動くか！」ゴバー教官が、太い人さし指で死体をつついた。

とつぜん、ゴーストリーの死体が、何かにはじかれたようにぴょこんと起きあがった。黄色い目が飛びだし、ゆがんだ緑色の顔から水がしたたり落ちる。

「うぎゃぁぁぁぁぁぁぁ」ゴーストリーの死体が、ゴバー教官の顔を見てさけんだ。

びっくりして、
1メートル
ほど
とびあがる
ゴバー
教官

「うぎゃぁぁああああああああ！！！」ゴバー教官は、あまりのショックに髪の毛《かみけ》とあごひげをさか立たせ、一メートル近くもとびあがった。

「うぎゃぁぁああああああああ！！！」ほかのみんなもさけんだ。

モジャモジャ族は、死やあらしは恐《おそ》れないが、オバケにはめっぽう弱いのだ。

ストイックは、テーブルの下に飛びこむと、両手で頭をおおった。それで、かくれたつもりらしい。

棺桶《かんおけ》から、さらに海水があふれ出た。ゴーストリーの死体が、首をしめられたような声をあげる。飛びでた黄色い目は充血《じゅうけつ》し、灰色《はいいろ》のくちびるはブルブルと震《ふる》えている。

たったひとり、冷静なのはリンクリーじいさんだった。

「まあ、落ちつきなさい。こいつは、ゴーストリーのオバケなんかじゃない」

ヒックは、あまりの恐怖《きょうふ》に体中がこわばっていたが、リンクリーじいさんの言葉を信じて、ふたたび目を開けた。

ところが、ヒック以外、だれもじいさんの言葉が耳に入っていなかった。すっかり気が動転しているのだ。

「オーディン神よ。おろかなモジャモジャ族を救いたまえ」リンクリーじいさんは、そうつぶやくと、モジャモジャ族にとって一番効果的《こうかてき》なこと——つまり、どなり声をあげた。

「落ちつけ！　こいつは、ゴーストリーのオバケなんかじゃない！」そして、ゴーストリーのオバケじゃない人の背中《せなか》をたたいた。その人は、鼻、耳、口から海水をふきだし、ゴボゴボとせきをした。

ようやくせきがおさまった、ゴーストリーのオバケじゃない人は、背《せ》の高いなかなかの美男子だった。少し青白いけれど、生きているのにはまちがいない。

「ほんとに、ゴーストリーのオバケじゃないのか？」テーブルの下から、ストイックの声がした。

その人は、首を横にふった。

「とーんでもございません。まあ、誤解《ごかい》するのも無理はないですけれど」そして、海水といっしょに棺桶《かんおけ》から出ると、かぶとを脱《ぬ》ぎ、この場には似《に》つかわしくない、ていねいなおじぎをした。

「わたくしの名はアルビン。えーと……、うん、そうそう。

貧《まず》しいけれど、正直《しょうじき》な百姓《ひゃくしょう》でございます」

アルビンは、頭がよさそうで、笑っているような目をしていた。ちょっと歯を見せすぎだが、人なつっこく笑うと、気取った足どりで前に進み、ヒックの頭をなでた。

「きみの名は？」

「ヒック・ホレンダス・ハドック三世です」ヒックは、口ごもりながらいった。

「ご機嫌《きげん》、うるわしゅう」次に、アルビンは、テーブルの下をのぞいた。「そのにじみ出る威厳《いげん》から察するに、あなたがこの島のカシラ様で？」

「ストイックだ」

するとアルビンは、自分のおでこをパシッとたたいた。

「あの海の支配者《しはいしゃ》にして、モジャモジャ族の誇《ほこ》り、ナマエ・キイタダケデ・アア・オソロシヤ・ストイック様で？　まさか、こんな形で、さがしていた方にお会いできるとは！」

ストイックは、テーブルの下からはい出すと、よろよろと立ちあがり胸《むね》を張《は》った。

「いかにも、わしがストイックだ。ところで、なんであんたはゴーストリーの棺桶《かんおけ》のなか

にいたんだ？」カシラは、いつもの力強い声にもどっていった。

「疑問《ぎもん》を持たれるのも、無理はありませんね。その前に、この座《すわ》り心地《ごこち》のよさそうないすに、腰《こし》かけてよろしいでございましょうか？　長い一日だったもので……」

「どうぞ、どうぞ」スティックは、カシラのいすのほこりをはらった。

「では、これまでのいきさつを喜んでお話しいたしましょう」

こうして、アルビンは語りはじめた。

アルビンのことが気に入らない
トゥースレス

6 謎《なぞ》の地図

アルビンがカシラのいすに腰《こし》をおろして話しはじめると、モジャモジャ族たちは、目をまんまるにして聞きいった。

「わたくしは、野蛮《やばん》な者たちに、むりやり棺桶《かんおけ》におしこめられたのでございます。その者たちは、いまからみなさんにお聞かせする話を信じないばかりか、わたくしをどろぼうあつかいいたしました。そして、下品な笑い声をあげながら、わたくしを棺桶《かんおけ》ごと、海に投げおとしたのでございます」

「トンマ族のやつらだ」ストイックは、いいきった。「モガドンっていう、でっかくて息のくさい、ひとつ目がカシラだったろう？」

「そういえば、そんな名前でした」

「だが、そもそもあんたは、どこでその棺桶《かんおけ》を見つけたんだ？」

「わたくしは、貧《まず》しいけれど、正《しょう》直《じき》な百姓《ひゃくしょう》でございます」アルビンはいった。「むかしむかし、故郷《こきょう》〈ノンキ国〉で、えーと……そうそう、畑をたがやしていたときのこと。土のなかから棺桶《かんおけ》が現《あらわ》れまして……えーと、留《と》め金《がね》がパカンとはずれたんでございます」

「それで、開けるなと書いてある棺桶《かんおけ》を、開けてしまったというわけか。予想もしなかったことが起きなかったかい？」リンクリーじいさんは、まゆをひそめた。

「起きましたとも」アルビンは、人なつっこいあの笑顔を見せたが、今度は目が笑っていなかった。「わたくしは、棺桶《かんおけ》を開け、なんの気なしに手をなかに入れました。……と、とつぜん、ふたがサメの口のように勢《いきお》いよく閉《し》まり、わたくしの手は、このとおりちょん切られてしまったのです」

アルビンは、右腕《みぎうで》をあげた。そでの先から、手の代わりに鉄のフックが出ている。

モジャモジャ族たちは、いっせいに息をのんだ。

「なんてこった！　ワナがしかけてあったんだな。ひいじいさんが、すまないことをした。じいさんは、冗談《じょうだん》のきつい人だったから」ストイックがいった。

「まったくです。でも幸い、貧《まず》しいけれど正直《しょうじき》な百姓《ひゃくしょう》アルビンは、冗談《じょうだん》の通じる男でして」そういうと、アルビンは自分のフックをじっと見つめた。「こいつは、カキの殻《から》をこじ開けるのに便利なんですよ。おっと、話がそれました。そのあと、わたくしは注意深くふたたび棺桶《かんおけ》を開け、ワナをはずし、のぞきこみました。ところが、なかには宝《たから》もなければ、ゴーストリーの死体もない。あったものは……」

モジャモジャ族たちが、目と口を大きく開けたまま、いっせいに身を乗りだす。

「この地図と謎《なぞ》の詩だけ」（地図を見たい方は、10ページを見よ。）

アルビンは、胸《むね》のポケットから地図と詩の書かれた紙切れを取りだし、みんなに見せた。

「へっ？　ゴーストリーは？　ざくざくの宝《たから》は？　幻《まぼろし》の剣《けん》、ストームブレードは？　入っていたのは、たった二枚《まい》の紙切れだけか？」ストイックは、心の底から残念そうにいった。

「ただの紙切れではございません。この地図と詩が、わたくしたちをゴーストリーの秘宝《ひほう》まで案内してくれるはずです」

「わたくしたちだと？」リンクリーじいさんが、口をはさんだ。「ちょっと、おたずねしてよろしいかな。地図と詩は、あんたの手にある。なぜ、ひとりでさがしに行かんのじゃ？　なぜ、わしらを巻《ま》きこむ？」

「宝《たから》をひとりじめするわけにはいきませんもの！」アルビンは、めっそうもないという調子でいった。「ゴーストリーの秘宝《ひほう》は、だれもが知っている有名な言いつたえ。本来なら、子孫であるあなたがたのものです。それに、この詩を読んでください。宝《たから》は、だれにでも発見できるものではないのです」

アルビンは、せきばらいをし、詩を読みはじめた。

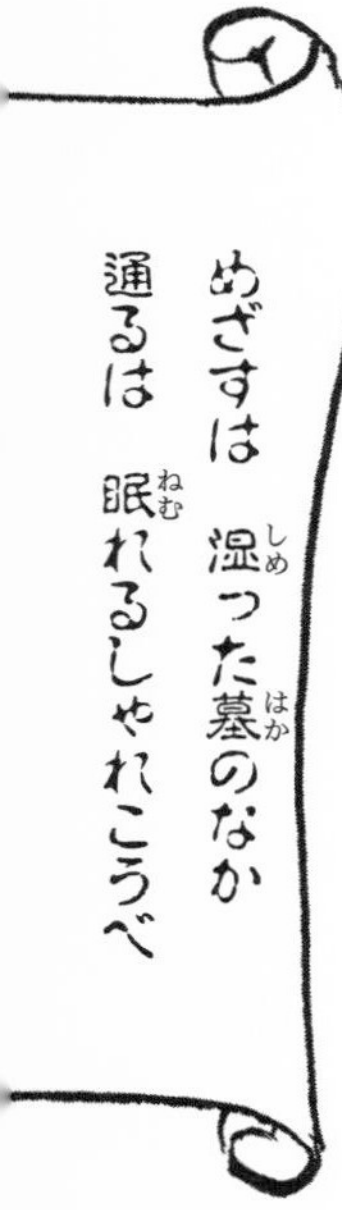

おお　見つけし　わが子孫
おお　においし　子孫のけもの
宝《たから》見つけし　真の跡継《あとつ》ぎ

「どうやら、ゴーストリーの子孫でなければ、宝《たから》を見つけられないようなのです。しかも、子孫のけものだけが、宝《たから》をかぎつけることができるのだと。けものとは、おそらくドラゴンのことでしょう」アルビンがいった。

たしかにドラゴンは鼻がするどく、宝《たから》さがしが得意だ。優秀《ゆうしゅう》なドラゴンは、地面の奥深《おくふか》くに埋《う》められた金銀財宝《きんぎんざいほう》をかんたんに見つけだす。

「それに、大きな問題がひとつありまして……。ドラゴンは、わたくしになつかないのでございます。なぜか、わたくしを嫌《きら》うのです。それはともかく、どなたか、この詩の意味がわかるかたはいらっしゃいませんか？　頭の回転の速いストイック様、ぜひあなたのお知恵《ちえ》を拝借《はいしゃく》したいものでございます」

「うーむ。これは、難問《なんもん》だ」ストイックは、なるべくかしこそうな顔をした。

すると、地図を見てヒックがいった。

「父《とう》さん、しゃれこうべって、〈ドクロー島〉のことじゃないかな？　どっちも、頭蓋骨《ずがいこつ》のことでしょ？」

「それだ！　ドクロー島だ！　宝《たから》は、そこにある！」

ドクロー島とは、バーク島の西にあるドクロの形をした島だ。ドクロは、ゴーストリーのトレードマーク。旗にもかぶとにも、この印をつけていた。

「これがドクロー島ですか？　ここに行けば宝《たから》が見つかるんですね？」アルビンは、地図を指さしながら、満足げな声をあげた。

すると、モジャモジャ族がどっと笑いだしたので、アルビンはきょとんとした。

「ドクロー島で宝《たから》さがしなんて、バカなことを！」ストイックも笑っている。「あそこから、生きて帰ってきたものは、ひとりもいない。ヒック、おまえはドラゴンにくわしい。アルビンに、ドクロードラゴンってのが、どういうやつか教えてやれ」

「あいつらは、飛べないけれど、とってもどうもうなドラゴンなんだ。ドクロー島にしかいない、めずらしい種類なんだよ」ヒックは、ドラゴンについてきかれると、得意になっドラゴン百科：

ドクロードラゴン

体長三メートルほどのドラゴン。飛ぶ能力は失ってしまった。目も見えず耳も聞こえないが、鼻は恐《おそ》ろしくよくきき、目の前を通りすぎるものは、なんでもつかまえて飲みこむ。
しつけるのは不可能《ふかのう》で、異常《じょう》に危険《きけん》なドラゴン。

データ

色　：黒とむらさき
武器：恐ろしいきばとカギづめ……9
レーダー：あり／鼻もよくきく……7
毒：なし……0
狩猟能力《しゅりょうのうりょく》：獲物《えもの》は、見つかったら最後‥9
スピード：むちゃくちゃ速い……9
恐《おそ》ろしさ・けんか強さ：陰険《いんけん》
ほかには類を見ない残酷《ざんこく》さ＊……8もしくは9.

＊（しかし、目も耳も退化《たいか》しているので、にげるチャンスあり）

て答える。「群《む》れで狩《か》りをするんだけど、目は見えないし耳もほとんど聞こえないから、においだけをたよりに獲物《えもの》をしとめるんだ」

「もう、それくらいにしておけ……」ストイックがあわてて止めたが、ヒックは続けた。

「ドクローの特徴《とくちょう》は、一本だけ長くのびたするどいカギづめだ。それで獲物《えもの》のアキレス腱《けん》をかき切るんだ。そうやって、にげられないようにしておいてから、生きたままの獲物《えもの》をゆっくりとしゃぶりつくす」

なんと恐《おそ》ろしい！

「な、な、なるほど。でも、ストイック様ほどかしこいおかたなら、ドクロー島へ行くことなど朝飯前《あさめしまえ》でしょう」

「ドクロー島で宝《たから》さがしなど、正気《しょうき》の人間のやることじゃない」リンクリーじいさんが、きっぱりといった。

「ゴーストリーの名剣《めいけん》、ストームブレードを手にしたくはないんですか？　あの剣《けん》を手に入れれば、モジャモジャ族の名を世界中に知らしめることができるんですよ」アルビンは、ストイックをそそのかした。

ストイックは、あごひげをいじりながら、考えこんでいる。

「ストイック様。そのあごひげに、ダイヤモンドを散りばめたいとは思いませんか。たくましい体には黄金の胸《むね》あて、手には燃《も》えさかるストームブレード、そしてその太い腕《うで》には、幾重《いくえ》にも重なる腕輪《うでわ》。わたくしには、あなたの前にひれふすモガドンの姿《すがた》が、目に浮《う》かびます。ああ、なんと威厳《いげん》あるお姿《すがた》！」

ストイックは、おなかをきゅっと引っこめ、筋肉《きんにく》をピクピクと動かした。そういえば、むかしから、一度耳飾《みみかざ》りをつけてみたいと思っていたのだ。

「よし！　やったろう！」ストイックは、さけんだ。「わがモジャモジャ族ども！　先祖《せんぞ》の秘宝《ひほう》をさがす旅に出ようではないか！」さらに声を張《は》りあげる。

「冗談《じょうだん》でしょ！　ドクロー島に一歩でも足をふみいれてごらんよ。あっという間に食べられちゃう！　そんなの自殺行為《じさつこうい》だ！」

だが、むなしくも、ヒックの声は、歓声《かんせい》にかき消された。

「栄光と富《とみ》よ、われらの手に！」ストイックは、アルビンの背中《せなか》をバシバシとたたいた。

「あーあ、またこれだよ……」ヒックは、つぶやいた。

7 宝《たから》さがしの練習

ヒックが思うに、貧《まず》しいけれど正直《しょうじき》な百姓《ひゃくしょう》、アルビンがやってきてからというもの、ものごとがどんどん変な方向に向かっていた。もちろん、それはアルビンのせいではなかった。アルビンは、いっしょにいて、とても楽しい人だったからだ。女たちのもりもりの筋《きん》肉《にく》や縄《なわ》のような金髪《きんぱつ》の三つ編《あ》みをほめたたえて喜ばせたり、ゆかいな冗談《じょうだん》やトンマ族のカシラ、モガドンのモノマネで、男たちを笑わせたりした。また、むかしの英雄《えいゆう》たちの勇敢《ゆうかん》な戦いぶりやペテン話を聞かせ、子どもたちの心をうばった。

ヒックも、アルビンが好きだった。

ある日、ヒックが二時間続けて剣術《けんじゅつ》の練習をしていたところに、アルビンがやってきた。なんどやってもゴーストリー斬《ぎ》りが成功しないので、ヒックはすっかりしょげている。せっかく、スピードソードより大きくてずっしりとした〈ストレッチソード〉を、父《とう》さんからもらったのにな。

「長い剣《けん》だろ。腕《うで》の短いおまえにぴったりだ。これでかんたんに刃《は》が敵《てき》に届《とど》くぞ」お父《とう》さんは、そういって新しい剣《けん》をくれたのだった。

ところが、ストレッチソードは、ヒックの手になかなかなじまなかった。とどめの突《つ》きをすると、どうしてもよろめいて、転んでしまうのだ。

「おや、ヒックくんじゃないですか」

うしろからアルビンの声が聞こえたのは、ちょうどヒックが起きあがり、剣《けん》を拾いあげて、もう一度練習をしようとしたときだった。ヒックは、びっくりして、またひっくり返りそうになった。まさか、だれかに見られていたなん

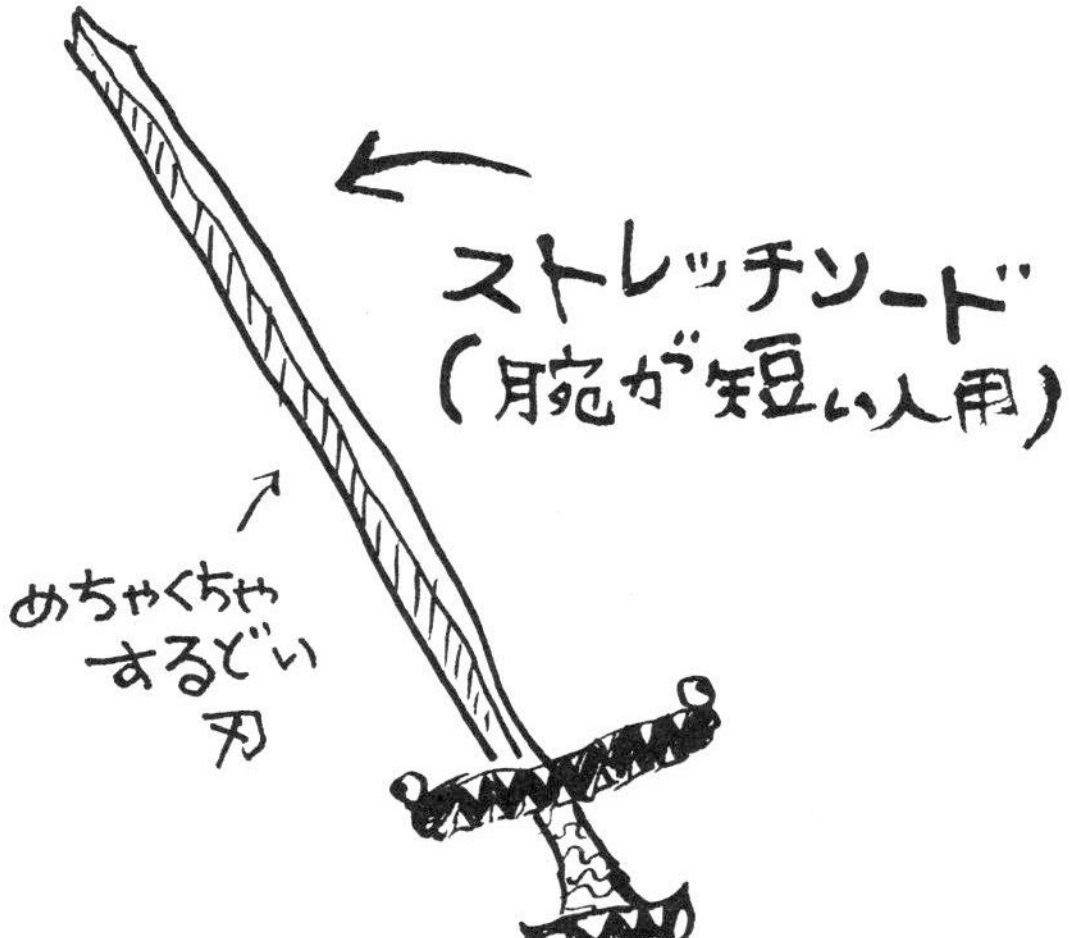

て！

「きみが、カシラの跡継《あとつ》ぎかね？」アルビンがほほ笑《え》む。

「一応《いちおう》ね。でも、こんなに剣術《けんじゅつ》が下手《へた》じゃ、跡継《あとつ》ぎ失格《しっかく》だよ。ぼく、才能《さいのう》ないんだ」ヒックは、ため息をついた。

「そんなことはない。きみにはセンスがある。わたくしには、わかります。正しい指導《しどう》を受ければ、すぐに上達しますよ。どれ、お手本をお見せしましょう」

アルビンは、かぶとを注意深くとると、シダのしげみの横に置いた。そして、あっけにとられているヒックの目の前で、右手のフックを根元からくるくると回して取りはずし、代わりに剣《けん》ホルダーを取りつけた。次に、剣《けん》ホルダーに剣《けん》をはめこみ、落ちないようにしっかりとネジをとめた。

「この道具は、わたくしが発明したんですよ。本物の手より、ずっとうまく剣《けん》があつかえる」アルビンは、口ひげを指でひねりあげると、ゴーストリー斬《ぎ》りを披露《ひろう》した。

「よく見て。体重は、左足に乗せるんです」

ヒックは、注意深くマネをしてみたが、やっぱり転んでしまった。

「おみごと！」おどろいたことに、アルビンは手をたたいた。

「転んじゃったのに、どうして？」

「気品のある転び方でしたもの。教わってできるものじゃない。生まれもった才能《さいのう》ですな」

アルビンは、剣《けん》ホルダーをとって、ふたたびフックをつけた。そして、かぶとを拾いあげてかぶると、しかめっつらをした。かぶとを脱《ぬ》ぎ、なかをのぞく。

「泥《どろ》がついている。いかがわしいにおいのする泥《どろ》だ……」

アルビンのかぶとに、
うんちをするトゥースレス

「あの、髪《かみ》の毛《け》にも、ついちゃったみたいですけど」と、ヒック。

アルビンの顔がさっと青ざめた。人一倍、見かけを気にする性格《せいかく》なのだ。アルビンは頭を洗《あら》いに、あわてて去っていった。

すると、シダのしげみでネズミを追いかけていたトゥースレスが、クスクスと笑いながらヒックの肩《かた》にとまった。そして、笑いおわると、おかしそうにこういった。

「かぶとに、うんちしてやった！」

「トゥースレス！　なんてひどいことをしたんだ。どうして、そんないたずらしたの？」ヒックは怒《おこ》った。

「あいつ、わるいやつ」

「アルビンが？　あの人は、貧《まず》しいけれど、正直《しょうじき》なお百姓《ひゃくしょう》さんだよ。よそ者だからって、悪い人だと決めつけるのは差別だよ」

「しんじないなら、べつにいいもん」トゥースレスは、つばさについたノミを退治《たいじ》しながらいった。「トゥースレス、あいつ、ながれものだと思う」

ヒックは、ブルッと身震《みぶる》いした。

〈流れ者〉とは、あまりにも凶暴《きょうぼう》で、ひきょうで残酷《ざんこく》で極悪《ごくあく》なため、バイキング社会から追放された者たちのことだ。いままでは、そんな流れ者たちが集まって、ひとつの部族をつくっていると聞く。敵《てき》を食らうといううわさも、まことしやかにささやかれている。

「ま、まさか。アルビンは、流れ者にはとても見えないよ」ヒックがいった。

「ながれものに会ったことあるの？」

「……ないけど。トゥースレスだって、ないでしょ？　それに、証拠《しょうこ》がないじゃないか。さ、お昼の時間だ。この話はおしまい」

だが、この会話は、ヒックの心に小さな疑《うたが》いの種《たね》をまいた。

それでなくても、ヒックはすごく不安だった。ドクロー島の宝《たから》さがしが、命がけの旅なのは明らかだ。島に足をふみいれたとたん、ドクロードラゴンに生きたまま食われるかもしれないという問題を、ストイックとアルビンは、どういう作戦で解決《かいけつ》するつもりだろうか。

ヒックは、カシラの跡継《あとつ》ぎとして、自分が宝《たから》を見つけださなくてはならないことを知っていた。だから、陰《かげ》で剣《けん》の練習をし、ゴバー教官の大目玉にも耐《た》えた。そして、時間を見つけては、トゥースレスがうまく宝《たから》をかぎつけられるよう〈くんくん練習〉もしたのだ。

練習初日の朝のこと。予想どおり、トゥースレスはいうことを聞かなかった。フィッシュがホラーカウを連れてやってきたとき、ヒックは、トゥースレスを外に連れだすのにさえ、てこずっていた。

まずは、トゥースレスの名前を呼《よ》びながら家中をさがしまわる。

返事はない。

そこで、貯蔵庫《ちょぞうこ》からサバを取りだした。

「トゥースレス、とびきりおいしいサバがあるよ！」ヒックは、トゥースレスの注意を引こうと魚をぶらぶらとゆらしながら、甘《あま》い声で誘《さそ》いだした。

するると、弱々しい声が聞こえてきた。

「トゥースレス、かぜ。おそと、むり。トゥースレス、せき、こんこん」

「じゃ、サバはおあずけだね」

一瞬《いっしゅん》の間《ま》。

「サバ、かぜにいい。サバ、いる。おそと、むり」

ヒックは、声のするほうへ歩いていった。暖炉《だんろ》のなかから煙突《えんとつ》を見あげると、煙《けむり》に巻《ま》かれて、さかさまにぶら下がっているトゥースレスが見えた。

「だめだ。サバが欲《ほ》しいなら、外に出る。それが条件《じょうけん》だよ。約束は守ること」ヒックはきびしい声でいった。

「ふん、わかったよ。やくそくする」トゥースレスは、煙突《えんとつ》からパタパタと飛びだした。

ヒックは、サバをさしだした。

その瞬間《しゅんかん》、トゥースレスは、サバをぱっとうばい、「ウソだもーん！」と、かん高い声をあげ、ヒックを突《つ》きたおして、すっとんでにげた。ヒックは、暖炉《だんろ》のなかにひっくり返り、灰《はい》だらけになってしまった。

トゥースレスをふたたび見つけだすのに、そう時間はかからなかった。ストイックの寝室《しんしつ》に入ると、ベッドのはしから、青っぽい灰色《はいいろ》の煙《けむり》が一筋《ひとすじ》のぼっていた。ヒックはしのび足で近づくと、布団《ふとん》のなかからトゥースレスを引っぱりだした。トゥースレスはキーと鳴き声をあげ、強力なあごでベッドの柱にかみついた。ヒックが、全身の力をこめてしっぽを引っぱる。

「たのむよ、トゥースレス。くんくん練習をしようよ」ヒックは、右のつばさの下をくすぐった。トゥースレスが、顔を真《ま》っ赤《か》にして身をよじる。ヒックは、左のつばさの下もくすぐった。

トゥースレスは、たまらず笑い声をあげ、柱をはなした。が、今度はヒックになんどもかみついた。しばらく格闘《かくとう》が続いたあと、ようやくヒックはトゥースレスを脇《わき》の下《した》にはさみこみ、もう片方《かたほう》の手でその口をおさえた。

「さあ、くんくん練習だ。いっしょに宝物《たからもの》を発見したいだろ？　ファイヤークイーンやシ

ドラゴン語入門

ドラゴン語は、かん高い音とはじけるような音が特徴《とくちょう》で、人間にはとても奇妙《きみょう》に聞こえる。たとえば、ぱぴぷぺぽの音は、つばを相手に飛ばすような勢《いきお》いで発音する。

もっともよく使われるドラゴン語は以下のとおりである。

ニャーニャ　ごっくん　だめ

（ネコを食べちゃだめだよ。）

パパのパジャマ　ゲロゲロ　だあれ？

（お父さんのパジャマに吐《は》いちゃったのはだれ？）

おすわりしてよ　えーんえーん

（座《すわ》ってくれないと泣いちゃうよ。）

【大きなドラゴンに襲《おそ》われそうになったときに使う言葉】：

ぼく　どく　いっぱい　いっぱい

（ぼくは猛毒《もうどく》を持ってるんだぞ。）

ースラグに先を越《こ》されたくないよね？　きみがどんなにすごい鼻の持ち主か、みんなに見せてやろうよ」

トゥースレスは、口をふさがれたまま、コクンとうなずいた。

「よし、始めるぞ。その前に、もうぼくにかみつかないって約束して。ウソは許《ゆる》さないぞ」

ヒックが手をはなすと、トゥースレスは足をひきずり、よろよろとした。

「トゥースレス、つかれちゃった。くんくんできない」か細い声で、同情《どうじょう》を引こうとしている。

「もう！　ぼくのいうことを聞いたら、残りのサバをあげるから！」

「わかったよ。トゥースレス、ほんとは、れんしゅうなんかしなくていいのに。くんくんは、とくいなんだぞ」トゥースレスは、つばさをバサバサとふって、つぶやいた。

ヒックは、父《とう》さんに大目玉をくらっちゃうよ、と思いながらフィッシュといっしょに、ストイックのベッドの下から、ぐちゃぐちゃになったサバを拾いあつめた。そしてタラのパイひとかけと、カキを三、四個《こ》、トゥースレスにあたえた。

「この調子じゃ、おなかいっぱいで飛べないね」フィッシュがいう。

それからようやく、ヒックたちは、丘《おか》へ向かった。

「だっこ、だっこ！　つばさがいたいよう。まだ、つかないの？」道すがら、トゥースレスは、ずっとだだをこねていた。

バーク島は、沼地《ぬまち》ばかりの荒《あ》れはてた島だ。あたり一面、ヒースとシダにおおわれている。小雨《こさめ》がしとしとと降《ふ》ったり、どしゃぶりの雨が降《ふ》ったりと、降《ふ》り方《かた》はちがうけれど、一年中雨が降《ふ》っている。その証拠《しょうこ》に、モジャモジャ語には、雨を表す言葉が二十八とおりもあるほどだ。

だが、バーク島には緑豊《みどりゆた》かな土地とはまたちがった、しみじみとした魅力《みりょく》があった。その景色《けしき》が、いまは台なしにされている。宝《たから》さがしにやっきになったモジャモジャ族が、あちこちで地面を掘《ほ》りおこしているからだ。

ヒックたちは、穴《あな》をさけながら、腰《こし》の高さほどあるハリエニシダをかき分けて、丘《おか》に向かった。約一時間後、ようやくたどり着いたころには、ホラーカウはフィッシュの肩《かた》の上で眠《ねむ》りこけ、何をしても起きなかった。

ヒックは、お母《かあ》さんの古い黄金の腕輪《うでわ》を取りだし、トゥースレスにかがせた。

「このにおいを覚えるんだ」と、ヒック。

「かんたん、かんたん！」と、トゥースレス。

それから二時間、ヒックとフィッシュは、息を切らし汗《あせ》だくになりながら、トゥースレスが「ここだ！」というたびに、地面を掘《ほ》りおこした。

その結果、発見したものは……

カブ　一個《こ》
ウサギ　三びき　（にげられた）

さびた小さなスプーン　一本

これだけ。

「いまいちだな」ヒックは、がっかりして首を横にふった。

「いまいち？　いまいちだと？　そういうのは、絶望的《ぜつぼうてき》っていうんだぜ！」うしろから、バカにした声が聞こえた。

ヒックがふり返ると、スノットがドッグブレスに体をささえられながら、腹《はら》を抱《かか》えて笑っている。

「カブとスプーンだって？　さすが、マヌケのヒックだ！」スノットは、笑《わら》い涙《なみだ》をぬぐって、トゥースレスを指さした。「本気で、このありんこドラゴンが、宝《たから》を見つけられるとでも思ってんのか？　自分のけつが、どこにあるかもわからないようなやつによ」

トゥースレスは、怒《おこ》って毛をさか立てた。

「まっ、しょせん、そいつはヘイボンドラゴンの雑種《ざっしゅ》だからな」スノットは、つけ加えた。

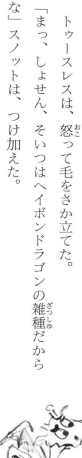

「トゥースレス、ヘイボンドラゴンじゃない！　トゥースレス、すっごく、めずらしいドリームドラゴン！」

「ここにいるオレのファイヤークイーンは、モンスタードラゴンだ。生まれつきのハンターが、見つけたものを見せてやるぜ」スノットは腰《こし》につけた袋《ふくろ》から、大きな銀の皿、柄《え》に古代ルーン文字の刻《きざ》まれた短剣《たんけん》、それから、美しいビーズの首輪を二本取りだした。「まあ、これくらい、こいつにとっては朝飯前《あさめしまえ》だけどな」

ファイヤークイーンは、うれしそうにのどを鳴らし、美しく輝《かがや》く血のように真《ま》っ赤《か》な肩《かた》をすくめた。

「わたくしの鼻は高性能《こうせいのう》ですもの。どんなかすかなにおいも、一週間前に死んでくさった魚のように強く感じるの」

「そりゃ、そんなゾウアザラシみたいな、おっきなはなをしてればね！」トゥースレスがいった。

「なんですって？　こんな美しい形の鼻はないわ！」ファイヤークイーンは、怒《おこ》って鼻をふくらませた。

「落ちつけ、ファイヤークイーン」スノットがいった。ドラゴン語はわからないが、二ひきがののしりあっていることくらいはわかる。「雑種《ざっしゅ》のいうことなんか、ほっとけ。それより、ドクロー島に着いたときのことを考えろ。おまえが宝《たから》を見つければ、オレがモジャモジャ族の未来のカシラだってことがはっきりする。最高じゃねぇか。なっ、マヌケのヒック？」

スノットは前のめりになると、手に持っていた銀皿で、ゆっくりとヒックをおした。ヒックは、バランスをくずして泥《どろ》のなかに倒《たお》れた。

「はっはっはっはっはっ」スノットとドッグブレスは、笑い声をあげながら去っていった。

最悪の気分だった。アルビンが現《あらわ》れてからというもの、ヒックは、ずっと胃がきりきりと痛《いた》み、恐怖《きょうふ》がクモのようにそろそろと背筋《せすじ》をはうのを感じていた。ガラスの破片《はへん》のようなきばを持つ、ヒョウみたいな怪物《かいぶつ》に八《や》つ裂《ざ》きにされる悪夢《あくむ》にも、なんどもうなされていた。だが、不安なのは、ドクロー島に行くことだけじゃなかった。邪悪《じゃあく》な何かが、このバーク島にしのびこんでいる気がするのだ。

恐《おそ》ろしいことが、もうすぐ起きる……不《ふ》吉《きつ》な予感がする。

8 地下洞窟《ちかどうくつ》

ちょうどそのころ、深い深い地下の洞窟《どうくつ》で、小さなハブドラゴンがお母《かあ》さんをさがして鳴いていた。

バーク島の〈ワイルドドラゴンの崖《がけ》〉には、赤ちゃんドラゴンの冬眠場《とうみんば》〈ドラゴンのゆりかご〉がある。このハブドラゴンは、そこから、いくつものトンネルをさまよい歩き、ついに〈冥界《めいかい》の洞窟《どうくつ》〉に迷《まよ》いこんでしまったのだ。

あせってつばさをはためかせれば、はためかせるほど、ますます洞窟《どうくつ》の奥深《おくふか》くに迷《まよ》いこみ、仲間の楽しそうな鳴き声はどんどん遠ざかっていく。もう一時間近く、自分の悲しい鳴き声しか聞こえなくなっていた。

ほどなくハブドラゴンは、冥界《めいかい》の洞窟《どうくつ》で宝《たから》を守っている巨大《きょだい》な生き物に出くわした。ドクロードラゴンよりも、大きくて恐《おそ》ろしい殺し屋だ。百歳《さい》はゆうに超《こ》えているであろうこの怪物《かいぶつ》は、暗い地下で育ったせいで、心も頭も発達していない。孤独《こどく》で無情《むじょう》な怪物《かいぶつ》は、まだ見たことのない光を求めていた。そして、つねに腹《はら》をすかせていた。

ハブドラゴンは、「お母《かあ》さん！」と鳴くと、一歩前に出た。

次の瞬間《しゅんかん》、ヌメヌメとしたぶきみな触手《しょくしゅ》が体に巻《ま》きつき、小さなドラゴンは宙《ちゅう》に浮《う》いた。

怪物《かいぶつ》は、容赦《ようしゃ》なくとどめを刺《さ》した。小さなドラゴンの、身の毛もよだつ最期《さいご》の悲鳴がひびきわたる。

ふたたび、冥界《めいかい》の洞窟《どうくつ》は静けさに包まれた。

9　上級ののしり言葉

それから二週間後、びくびくしながら準備《じゅんび》を重ねる日々が、ついに終わりを告げた。集会所で、ゴバー教官の上級ののしり言葉の授業《じゅぎょう》を受けている最中のことだった。少年たちの前で、スノットとタフナット二世が、ののしりあいの練習をしていた。タフナット二世は、苦戦している。もともと性格《せいかく》がいいので、悪口をいうのは苦手なのだ。

「なんだよ、おまえなんか、デブ！」タフナット二世は、一所懸命《いっしょけんめい》バカにしたような声を出した。「それもただのデブじゃない！　すんごいデブだ。それに、おまえのばあちゃん、えーと、おまえのばあちゃん、でべそ！」

「なんじゃそりゃあ！　なんで、こんなかんたんなことが満足にできん？」ゴバー教官は、イライラしてひげをむしりとった。「スノット！　てめえのばあちゃんは、くさったカキだ！　脳《のう》みそだって、干物《ひもの》みたいにからからだ」

時間割 海賊《かいぞく》訓練プログラム 名前：ヒック三世

月ようび	火ようび	水ようび	木ようび	金ようび
海上剣術《けんじゅつ》	道具を忘れないこと! どなる練習	よそ者をおどす方法	ひったくりの練習	コソドロ入門
海上剣術	ドラゴン訓練	よそ者をおどす方法	超凶暴《ちょうきょうぼう》になる方法	コソドロ入門
《休み時間》	《休み時間》	《休み時間》	《休み時間》	《休み時間》
つば吐《は》き練習	上級ののしり言葉	武器の種類	上級ののしり言葉 これ、苦手。	まちがったツヅリをカク方法
《休み時間》 ゴバー	《休み時間》	《休み時間》	《休み時間》	《休み時間》
コソドロ入門	バッシーボール 大きらい!	ドラゴン訓練	落書きの上手な書きかた	超凶暴になる方法
よそ者をおどす方法	バッシーボール おえっ!	ドラゴン訓練	落書きの上手な書きかた エプロン持ってく	超凶暴になる方法
宿題：つば吐きの練習	宿題：ののしり言葉の復習《ふくしゅう》	宿題：武器の種類を覚える	宿題：超凶暴になる方法の復習	宿題：まちがったツヅリを覚える

「なんだと！」すっかり熱くなっているスノットは、相手が教官であることも忘《わす》れて、い
い返した。

「ちがう、ちがう。タフナットに手本を見せただけだ」ゴバー教官は、スノットをなだめた。「いいか、タフナット。もっと口汚《くちぎたな》くののしってみろ！　スノット、おまえがやれ！」

「まかせてくださいよ」スノットは、にやりと笑った。そして、タフナット二世にぐっと顔を近づけ、首をひっつかんで、すごみをきかせた。冷たく小さな目は、いじわるく細まり、鼻の穴《あな》は興奮《こうふん》のあまりピクピクとけいれんしている。

「腰《こし》ぬけの憶病《おくびょう》やろう！」氷のように冷たい声がひびいた。

「いいぞスノット。その調子だ」ゴバー教官がほめる。

「おめえの心臓《しんぞう》は、ノミより小せぇ。脳《のう》みそだってミジンコなみだ。

それに、そのくさった魚みてえな体臭《たいしゅう》をどうにかしろ」

「みごとだ！　クラスで文句《もんく》なしの一番だ。その調子でいけば、おまえは必ずりっぱな海賊《かいぞく》になる。いいか、みんな！　こいつを見ならえ！」ゴバー教官は、延々《えんえん》とスノットをほめた。

ヒックは、うんざりして天をあおいだ。そして、ノートに落書きを始めた。

そのとき、集会所にストイックがぬっと現《あらわ》れた。うしろには、にっこりとほほ笑《え》んでいるアルビンがいる。

「ゴバー、授業《じゅぎょう》をじゃまして悪いな」ストイックが口を開いた。

「とんでもないっす、カシラ」

「いい知らせを持ってきた。ついに、ドクロー島への出発が正式に決まったぞ！」

しばらく、沈黙《ちんもく》が流れた。

フィッシュが、なすびのように真《ま》っ青《さお》になり、弱々しいうめき声をあげる。

が、次の瞬間《しゅんかん》、どっと歓声《かんせい》がわいた。

ヒックが手をあげた。

ぼく
スノット
助けて
名前 ヒック三世
宿題 上級ののしり言葉の復習
授業 上級ののしり言葉
ゴバー教官は めめしい
なんだと!! おまえ、ただじゃすまねえぞ
それは おまえの顔だろ
ドッグブレスの顔は、つぶれたカキみたいだ
このノートを見つけた人は、下記の住所まで とどけてください。
はてしない宇宙
太陽けい地球
インナー海 バーク島
ヒック・ホレンダス・ハドック三
トゥースレス

「ドクロードラゴンは、どうやってやっつけるの？」

「よくぞ、きいてくれた」ストイックは、うれしそうに息子の頭をなでた。「あいつらは、世にも恐《おそ》ろしい凶暴《きょうぼう》な生き物だ」

「想像《そうぞう》以上に危険《きけん》だよ」ヒックがつぶやく。

「しかしだな、やつらは飛ぶこともできなければ、目だって見えない。鼻だけにたよって、獲物《えもの》をしとめるのだ。そこで、アルビンの予想によれば、体をすみずみまできれいに洗《あら》っていけば、問題はないそうだ。みんな、いやだとは思うが、宝《たから》さがしのためにふろに入ってくれ」

フィッシュが、すかさず手をあげた。

「予想《よそう》ですって？　それって、はずれるかもしれないってことですよね。はずれたら、残《ざん》酷《こく》なハ虫類たちに、ゆっくりとむさぼり食われて、死んじゃうかもしれないってことですか？」

ストイックは、うなずいた。

「その場合、おまえたちはヒーローという名の栄光を手にし、あの世へ行くのだ。いいか、

前にも似たようなこと、あったよね……

任務《にんむ》のとちゅうで死んだ者には、〈死の黒かぶと賞《しょう》〉があたえられる」

「そんなもの、欲《ほ》しくないよ」ヒックは、ゆううつそうにいった。

「死か栄光か！」ストイックは声を張《は》りあげ、モジャモジャ式の敬礼《けいれい》をした。のどをかき切るマネをしながら、雷《かみなり》のようなおならをするのだ。

「死か栄光か！」ゴバー教官の声が続いた。

「死か栄光か！」少年たちが狂《くる》ったようにさけび、モジャモジャ式敬礼《けいれい》を返す。

「前にも似《に》たようなこと、あったよね……」ヒックとフィッシュはつぶやいた。

　ストイックとアルビンの計画というのは、それだけだった。モジャモジャ族とドラゴンたちは、ふろに入って念入りに体を洗《あら》った。明日《あす》には、集会所でアルビンによる〈くんくん検査《けんさ》〉がおこなわれる。鼻のいいアルビンが、ひとりひとりのにおいをチェックし、全員が合格《ごうかく》すれば、いざ出発だ。

ヒックは、トゥースレスといっしょに体を洗《あら》いおえると、お父《とう》さんのところへ行った。お父《とう》さんに話しかけるのは、いつも勇気がいる。

「父《とう》さん」

「ん？」暖炉《だんろ》の前で、ストイックは自分のドラゴン、ニューツブレスを乾《かわ》かすのに気をとられていた。

ニューツブレスは、ニキビづらをしたヘドロ色のグロンクルドラゴンで、小さなライオンくらいある。水が大嫌《だいきら》いなので、ふろに投げこまれるまで、四十分もにげまわった。いまは、大きなあごでストイックの左腕《ひだりうで》にかみついたり、頭《ず》つきをしたりしている。

「おいおい、いいかげんに機嫌《きげん》を直せ」ストイックは、うれしそうに笑い声をあげ、ブラシでドラゴンの鼻をパシッとたたいた。

「父《とう》さん。今回の探検《たんけん》は、まちがっている気がするんだ。宝《たから》なんて、本当に必要なの？

ぼく、いまのままでじゅうぶん楽しいし、幸せだよ」

ストイックは、いとおしむように、息子の髪《かみ》の毛《け》をくしゃくしゃとかき回した。

「いいか、ヒック。例の詩によると、宝《たから》をさがしあてるのは、おまえだ。〈おお　見つけし　わが子孫〉と書いてあっただろう。わしは、弟のバギーバムとスノットが、カシラの座《ざ》をねらっていることが、ずっと気がかりだったんだ。おまえが宝《たから》を見つければ、あいつらもさすがにだまるだろう。この探検《たんけん》は、黄金や栄光のためだけじゃない。おまえを救うためでもあるんだ。まあ、豪華《ごうか》な耳《みみ》飾《かざ》りをつけている自分の姿《すがた》を、思いうかべないでもないがな……ぐふふ」

「もし、ぼくが宝《たから》を見つけられなかったら？」ヒックはきいた。

しかし、答えはなかった。ストイックは、もう部屋《へや》にいなかったからだ。探検《たんけん》の準備《じゅんび》に忙《いそが》しいのだ。

「まいったなぁ」ヒックは、つぶやいた。

10 人生最悪の日

出発する日の夜明け、ヒックは重い気持ちで身じたくをした。お父《とう》さんからもらったストレッチソードを腰《こし》につけ、それがうまく使えることを願う。背中《せなか》には、いつもの弓矢の代わりに、シャベルを背負《せお》った。あまりにも緊張《きんちょう》して、朝ごはんのおかゆものどを通らなかった。

ヒックは、やっとのことでトゥースレスをベッドから引きずりだすと、集合場所のモジャモジャ港へと向かった。

トゥースレスは、ふくれっつらをしながら、眠気《ねむけ》を覚《さ》まそうと片方《かたほう》のつばさで目をこすっている。

「トゥースレス、行きたくない。たんけんなんてバカバカしい、あほ、あぶない」

ぼくも同じ気持ちだよ、とヒックは思いながらも、こう答えた。

「だいじょうぶだよ。きみには、つばさがあるだろ。ドクロードドラゴンが襲《おそ》いかかってきたら、飛んでにげればいい」

「うん、そうする。でも、トゥースレス、血、きらい。ヒックが、やつざきにされるの見たら、ゲボってはいちゃう」

「縁起《えんぎ》でもないこと、いうなよな」

港に着くと、フィッシュが緊張《きんちょう》したようすでつっ立っていた。足元では、ホラーカウがむしゃむしゃと口を動かしている。

ほかの少年たちは、興奮《こうふん》してそわそわしていた。ドラゴンたちは空を飛びまわり、おたがいをののしりあっている。

生きたまま食われるかもしれないというの

ドラゴンアーマー
ここから顔を出す
厚《あつ》い革《かわ》でできていて、かなり重い。
肩《かた》と胸《むね》を守ってくれる。

ドラゴングローブ
ドラゴン訓練用の手袋《てぶくろ》。
手と腕《うで》を守ってくれる。

に、このはしゃぎようはなんなのだろう？

「ドクローとワニドラゴンが、一対一で対決したら、どっちが勝つかな？」ワーティがきいた。

「ドクローに決まってますよ。まちがいありません。地球上で、もっとも凶暴《きょうぼう》な生き物だって、父上がいってました。あの恐《おそ》ろしい長いカギづめでさっとかき切るだけで、ワニドラゴンなんてイチコロです」クルーレスが答えた。

「そんじゃあよ、ドクローの足を一本、背中《せなか》でしばったらどうだ？　どっちが勝つ？」

「狂《くる》ってる！」フィッシュは、怒《おこ》っていった。「みんな、狂《くる》ってる！　脳《のう》みそにカビが生えてるよ！」

〈ゴーストリー秘宝探検隊《ひほうたんけんたい》〉には、少年たちのほかに、約五十名の大人《おとな》たちが参加する。ストイックが選《えら》りすぐった筋骨隆々《きんこつりゅうりゅう》の戦士たちだ。アルビンは、みんなをジョークで笑わせたり、はげましの握手《あくしゅ》をしたり、背中《せなか》をたたいたりしていた。

宝《たから》さがしに早く出発したくて、さっきからうずうずしているストイックは、みんなのあいだを歩きまわりながらさけんだ。

「よく聞け！　ドクロー島に上陸したら、二手に分かれる。それから、ドラゴンを使って、島をしらみつぶしにさがすんだ。全員、笛は持ってるな？　ゴバー、吹《ふ》いてみろ」


ピーーーーーーーーーーーーーーーーーッツ〜！


するどい笛の音が、ひびきわたる。

「この音が聞こえたら、だれかが宝《たから》を見つけたってことだ。すぐに音がするほうへ向かうこと。みんなで宝《たから》を船まで運ぶ。いいか、ドクロードラゴンは夜行性《やこうせい》だから、昼間は寝《ね》ている。耳が聞こえないから、どんなにうるさくしてもかまわない。だが、ふみつけないように気をつけろ。においに敏感《びんかん》だってことも忘《わす》れちゃいけない。島では絶対《ぜったい》に、へをこく

な!」

　戦士たちが、まじめな顔でうなずく。

「よっし、出発だ!　死か栄光か!」ストイックが声を張《は》りあげた。

「死か栄光か!」みんなが続けてさけんだ。

　こうして、ゴーストリー秘宝探検隊《ひほうたんけんたい》は、モジャモジャ族自慢《じまん》の船〈十三日の金曜日号〉に乗りこみ、一路ドクロー島をめざした。

　船に乗りこむとちゅう、ドッグブレスがうっかりヒックにぶつかった。倒《たお》れたヒックを、今度はスノットがふみつける。

「おっと、気づかなかったぜ」スノットは、何食わぬ顔でフラッシュカットをふりまわした。「せいぜいがんばるんだな、マヌケ!」

十三日の金曜日号は、入《い》り江《え》を出ると、インナー諸島《しょとう》にたれこめている不吉《ふきつ》な霧《きり》に、
すっぽりとおおわれた。
これでは、二メートル先だって見えない。

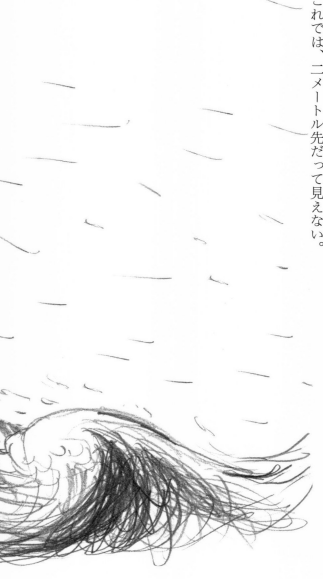

三、四時間後、霧《きり》のなかにぶきみなドクロー島が浮《う》かびあがってきた。
帰ろう！　方向転換《ほうこうてんかん》！　脱出《だっしゅつ》！　支離滅裂《しりめつれつ》な考えが、ヒックの頭をかすめる。

「汗《あせ》をかいちゃまずい。ドクロードラゴンに気づかれる」ヒックは、自分にいい聞かせた。ところが島が近づくにつれ、船酔《ふなよ》いと恐怖《きょうふ》で、体がどんどんほてってくる。

実際《じっさい》、おしゃべり好きの勇敢《ゆうかん》な戦士たちでさえ、迫《せま》りくる島を、おしだまって見つめていた。なにせ、何百年ものあいだ、モジャモジャ族が足をふみいれようとしなかった島なのだ。それほど、ドクロー島は気味が悪かった。いくつもの黒い断崖《だんがい》が柱のように連なり、大地は血のような真《ま》っ赤《か》な色をしている。まるでこの世の地獄《じごく》だ。

あちこちに、カサガイの殻《から》が、いまにもくずれおちそうなほど高く積みあがっている。島中に彫刻《ちょうこく》が立っているようで、幻想的《げんそうてき》でさえあった。飛ぶことも泳ぐこともできないドクロードラゴンは、島から一歩も出られない。かつて島に住んでいた小動物やハ虫類や鳥たちは、とっくのむかしに食いつくされていた。いまやドクローは、貝を食べて生きのびている。ドクロー島には、カサガイならいくらでもあるのだ。

命の気配《けはい》は、まったく感じられなかった。丘《おか》をかけまわる、ウサギやネズミの姿《すがた》もない。

崖《がけ》の上からは、鳥の歌声も聞こえない。ドクロードラゴンの存在《そんざい》さえも感じられない。だが、大地のあちこちには、巨大《きょだい》な穴《あな》があいていた。

ドクロードラゴンの巣穴《すあな》だ……ヒックは思った。いままで見たどんな巣穴《すあな》よりも大きい。集会所の正面玄関《しょうめんげんかん》ほど大きなものもある。

あの穴《あな》のなかにひそんでるんだな。ヒックは、生つばを飲みこんだ。

動物も鳥もいない島は、風のないこの日、奇妙《きみょう》な静けさに包まれていた。唯一《ゆいいつ》聞こえる、身のすくむような音をのぞけば、の話だが。

黒板をつめで引っかく音を百倍にしたような音を想像《そうぞう》してほしい。あるいは、いっせいに、千本のナイフを石で研《と》ぐ音を。ヒックは、一定のリズムを刻《きざ》んでひびく、引っかき音の正体に気づき、血《ち》の気《け》がひいた。それはドクロードラゴンが、深い穴《あな》のなかで、自慢《じまん》の長いカギづめを岩で研《と》いでいる音だったのだ。〈眠《ねむ》り研《と》ぎ〉と呼《よ》ばれる習性《しゅうせい》だ。話には聞いたことがあったけれど、実際《じっさい》に耳にするのは初めてだった。ヒックは、息を大きく吸《す》いこんだ。少なくとも、これでやつらが寝《ね》ていることがはっきりした。

秘宝探検隊《ひほうたんけんたい》の船は、島を四分の三ほど回ったところで、ようやく上陸できそうな海岸を見つけた。広い入《い》り江《え》になっていて、ここの砂浜《すなはま》もやはりぶきみな血の色をしている。

そのとき、アルビンがふいに立ちあがって演説《えんぜつ》を始めた。ドラゴンたちが、不満そうに、うなり声をあげる。

「みなさまに、心より幸運をお祈《いの》りいたします。まことに残念ながら、わたくしは探検《たんけん》にごいっしょすることができません」アルビンは、笑顔でぬけぬけといった。「この栄誉《えいよ》ある探検《たんけん》に、自《みずか》らの命をかけたいのは、やまやまです。しかしながら、どんなにきれいに体を洗《あら》っても、わたくしのきつい体臭《たいしゅう》は、ドクロードラゴンの鼻をごまかすことはできません。わたくしがいっしょに行くことは、探検隊《たんけんたい》全員の命を危険《きけん》にさらすことになります。

涙《なみだ》をのんで、ここに残り、船を守ることといたします」

「あいつがいいだしたくせに！　ほらね、トゥースレス、いったでしょ？　あいつ、ながれもの！　おくびょうもの！」トゥースレスは、ほっぺたをふくらませて、ヒックの耳にささやいた。

ところが、ストイックはアルビンに同情《どうじょう》し、肩《かた》をやさしくたたいているではないか。

「なんて仲間思いのやつだ。この楽しみをわかちあえないのは残念だ」ストイックは、ひそひそ声でいった。ドクロードラゴンの耳が聞こえないのは知っていたが、思わず声が小さくなってしまうのだ。「ようし、みんな！　ふたり一組で、島中をしらみつぶしにさがすぞ。何も見つからなければ、一時間後に、ここに集合だ」

上陸するやいなや、ファイヤークイーンは、ひどく興奮《こうふん》した。すでに、何かをかぎつけたらしい。しっぽを激《はげ》しくふり、鼻をくんくんと動かし、よだれをたらしている。

「ついてくるんじゃねえぞ！」スノットは、ドッグブレスといっしょにファイヤークイーンのあとを追いかけながら、ヒックをけるマネをした。

ヒックとフィッシュは、トゥースレスに目をやった。トゥースレスは、やる気がまったくないようだ。砂浜《すなはま》に寝《ね》ころんで、しっぽをていねいになめている。一方、フィッシュのドラゴン、ホラーカウは、船にいたときからぐっすり眠《ねむ》りこんでいたので、こちらも役に立ちそうにない。

「何かにおう？」ヒックは、それでもちょっと期待しながらささやいた。

トゥースレスが、鼻をくんくんさせる。

「うんちくさい。それに、くさったカサガイに、こげたドクローのにおい。くちゃい、くちゃい。おうち、帰ろう」トゥースレスは、顔をしかめた。

「そうじゃなくって。宝物《たからもの》のにおいは？　黄金とか宝石《ほうせき》とか」ヒックは、そういうと、わざとらしくこうつけ加えた。「きみだったら、ファイヤークイーンより、ずっとすごい宝《たから》物《もの》を見つけられるんだろうな。なんてったって、あっちは、ただのモンスタードラゴン。それにひきかえ、きみはドリームドラゴンなんだから！」

トゥースレスは、ファイヤークイーンのえらそうな態度《たいど》を思いだして、負けじと鼻をくんくんさせた。

「トゥースレス、かぜで、はなづまり。でもドリームドラゴン、そんなのへっちゃら。えっと、あっちのほうから、なんかにおう」トゥースレスは、左の方角をあいまいに示《しめ》した。

ヒックは、自分には大きすぎる剣《けん》をぬき、起きているドクローがいないか、気をつけながら前へ進んだ。腰《こし》まであるシダに、どこまでも続くヒースの大地は、バーク島に似《に》ている。とちゅう、ぬかるんだ地面に巨大《きょだい》な足跡《あしあと》を見つけた。ひざまずいて、よく調べてみる。

「うわっ。ドクロードラゴンは、想像《そうぞう》していた大きさの二倍以上あるよ」

「わーい、ほんとにワニドラゴンなんてイチコロだね……って、やばいよ、ぼくまで変になってきたみたい」フィッシュは、ヒクヒクと笑った。

ヒックは、心配ごとがあまりにたくさんあったため、何を一番心配すればいいのか、わからなくなっていた。そうだ、まずは宝《たから》を見つけなきゃ。史上最悪の剣士《けんし》の汚名《おめい》を着せられたうえに、未来のカシラが発見すべき宝《たから》を見つけられなかったら、父《とう》さんはどんなにがっかりするだろう。

ヒックは、お父《とう》さんの期待を裏切《うらぎ》りたくなかった。いままで、なんども裏切《うらぎ》ってしまったけれど。それに、スノットが宝《たから》を発見したらどうしよう？　その考えに、背筋《せすじ》がぞっとした。

ヒックは、フィッシュのシャベルに、ちゃっかりと乗っかっているトゥースレスを、横目で見た。くんくん練習がさんざんだったことを思いだす。

だが、トゥースレスは、モジャモジャ族が全滅《ぜんめつ》しそうになったとき、大活躍《だいかつやく》したことがある。あのときヒックは、シードラゴヌス・ジャイアンティクス・マックスという怪物《かいぶつ》ドラゴンに飲みこまれてしまった。トゥースレスは怪物《かいぶつ》の鼻《はな》の穴《あな》にもぐりこみ、くしゃみをさせて、ヒックを助けだしたのだ。

つまりトゥースレスには、おどろくような力が秘《ひ》められているということだ。

もしかしたらトゥースレスは、本人がいうとおり、ものすごく鼻がいいのかもしれない。本当に、何かをかぎあてたのかも……ヒックの期待が高まる。

トゥースレスは、鼻をほじり、カギづめについた鼻くそをじっと見つめてぺろりとなめた。そして、シャベルから飛びたつと、ヒックたちを率《ひき》いて、自信なさそうにあっちをふらふら、こっちをふらふら。あげくのはてに、なんども同じところをぐるぐると回る始末。とちゅう、うんちをしそうになったので、ヒックがあわてて止めた。うんちなんかしたら、ドクロードラゴンをいっせいに起こしてしまう。

ついに、トゥースレスは小さな丘《おか》の上で、はたと止まった。草の上に座《すわ》り、耳のうしろをポリポリかいている。

「ここ……かな」

まるで、いいかげんだ。

それでも、ヒックの胸《むね》の鼓動《こどう》は高まった。

「ここかい？」

トゥースレスは、めんどうくさそうにうなずいた。ヒックとフィッシュは、シャベルを背中《せなか》からぬき、ドクローのことなどすっかり忘《わす》れて無我夢中《むがむちゅう》で地面を掘《ほ》った。

約十分後、シャベルの先がカサガイの殻《から》のかたまりにあたった。

「こりゃ、すごいや。ドクローは、カサガイを本当にたくさん食べるんだね。ひょっとして、この丘《おか》、っていうか、この島全体がカサガイの殻《から》でできてるんじゃないかな」フィッシュがいった。

と、そのとき、ヒックのシャベルが、何か、かたくて大きなものにあたった。ヒックは息をのんだ。もう一度、シャベルでつついてみる。たしかに、かたくて大きい。

「何かが、埋《う》まってる」

トゥースレスは興奮《こうふん》して、ピョンピョンと、とびはねた。

「たから、たから！　ヒック、ヒーローになる。トゥースレス、ヒーローのドラゴンになる。わーい、わーい！」

ヒックは身をかがめ、かたい物体に手をのばし、両手で土から掘《ほ》りおこした。

なんとそれは、だれも見たことがないような巨大《きょだい》なカサガイの殻《から》だった。

ヒックは、へなへなと座《すわ》りこみ、カサガイをぼうぜんと見つめた。

ピーーーーーーーーーーーーーッツ！

すき通る笛の音が、遠くで聞こえた。

「マヌケだ。ぼくは本当にマヌケのヒックだ。これでカシラになる資格《しかく》がないってことがよくわかったよ。ぼくのドラゴンは、みんなよりずっと小さいし」

「小さくて、わるかったね」トゥースレスが、掘《ほ》った穴《あな》を見おろしながらいった。「おかしいな。きんぞくのにおい、したんだけど……」

「宝物《たからもの》の代わりに、巨大《きょだい》なカサガイを掘《ほ》りあてちゃうし」

「でも、こんなに大きなカサガイ、初めて見たよ。新種かもよ。大発見だよ！」フィッシュがなぐさめる。

「そりゃ、すごいや。みんなカサガイが好きだから喜ぶぞ」ヒックは、皮肉たっぷりに答えた。

目の前が真っ暗だ。

「どんなに大きくても、カサガイはカサガイだよ。宝物《たからもの》じゃない。新しい軟体動《なんたいどう》物《ぶつ》を発見してヒーローになった人なんて、聞いたことある？　それより、宝物《たからもの》を見つけたのはだれだろう？　ああ、スノットじゃありませんように！」

ヒックは、鳴りつづく笛のほうへ、重い足どりで向かいながら、心のなかでなんども祈《いの》った。

「どうかスノットじゃありませんように、どうかどうかスノットじゃありませんように。どうかどうかどうかどうか……」

11 ゴーストリーの秘宝《ひほう》

宝《たから》を発見したのは、もちろんスノットだった。自慢気《じまんげ》に胸《むね》をそらし、鼻《はな》の穴《あな》を広げ、ざまあみろといった表情《ひょうじょう》で立っている。スノットのドラゴン、ファイヤークイーンも、得意そうに体を二倍にふくらませていた。

探検隊《たんけんたい》は、スノットを取りかこみ、モジャモジャ族特有の歓声《かんせい》をあげた。

「スノット、オウ、スノット、オウ、スノット、オウ！」

ヒックは、目立たないようこっそりと到着《とうちゃく》した。だが、巨大《きょだい》なカサガイを持ったフィッシュが横にいては、目立たないわけがない。

案《あん》の定《じょう》、スノットがヒックに気づいて、口を耳まで大きくさいてニカッと笑った。

「よお、ヒック。オレの見つけた宝《たから》を見てみろ」

それは、ドクロードラゴンにあちこちをかじられボロボロになった、大きな木箱だった。

金色の文字で、〈ゴーストリーの財産《ざいさん》。開けるな〉と書かれている。

ヒックは、ため息をついた。どこから見ても正真正銘《しょうしんしょうめい》の宝箱《たからばこ》だ。

「でかした。開けるぞ」ストイックは、もみ手をしながらテキパキといった。

「でも、父《とう》さん。箱には、開けるなって書いてあるよ。アルビンがどんな目にあったか知ってるでしょ？」ヒックは、目立たずにいようとしたことをすっかり忘《わす》れていった。

「バカバカしい！」ストイックは、自分の息子にひどくがっかりした。なぜ、わしのせがれは、宝《たから》を見つけられなかったんだろう？　横のへんてこなやつは、どうしてあんなばかでかい貝を持って、つっ立ってるんだ？　これで、弟のバギーバムは、自分の息子スノットこそが、モジャモジャ族のカシラにふさわしいとさわぎたてるだろう。弟をどうやってだまらせよう。どれもこれも、このデキの悪い息子のせいだ。

「いますぐ開けるぞ。じゃなきゃ、宝《たから》さがしをした意味がない」ストイックはいった。

「父《とう》さん、お願いだからやめて！」ヒックは泣きついた。「ゴーストリーは、すごくずるがしこい海賊《かいぞく》だったんだよ。こんなかんたんに、宝物《たからもの》が手に入るわけないじゃないか。絶《ぜっ》対《たい》にワナがしかけてあるんだ。アルビンは棺桶《かんおけ》を開けて、手をちょん切られたんだよ！ ぼくたちだって、棺桶《かんおけ》のなかのアルビンを見て、びっくりして死にそうになったじゃないか」

ストイックの怒《いか》りが、ついに爆発《ばくはつ》した。

「おい、ぼうず！ モジャモジャ族のカシラはこのわしだ。おまえじゃない！」

ヒックは、ちぢみあがった。

「アルビンは、運が悪かっただけだ。それに、こんなに重い宝箱《たからばこ》を苦労して島に持って帰って、いざ開けてみたら、なかは石ころなんてことは、まっぴらだ」ストイックの目が、欲《よく》にくらみギラギラと光っている。それは、ヒックが見たことのないお父《とう》さんの姿《すがた》だった。

「カシラのおっしゃるとおりっす。ほんじゃ、おいらが開けますよ」ゴバー教官が、斧《おの》をふりあげ、宝箱《たからばこ》に巻《ま》きついているくさりをまっぷたつに切った。

「おっと、ふたを開ける権利《けんり》は、宝《たから》を見つけたオレの息子にあるんじゃないかね」バギーバムが口をはさんだ。

「しかたない」ストイックが、ため息をつく。

スノットは、キザな足どりで前に出た。全員が注目しているなか、したり顔でヒックを見ると、タトゥーの入った筋肉《きんにく》もりもりの腕《うで》を宝箱《たからばこ》にのばした。

「まずいよ、まずいって、絶対《ぜったい》まずいよ」ヒックとフィッシュがつぶやいた。

スノットが、ゆっくりとふたを持ちあげる。

「まずい、まずい、絶対《ぜったい》まずい！」トゥースレスは目をつぶった。


ギギギギギギギーーーーーーーーッ！

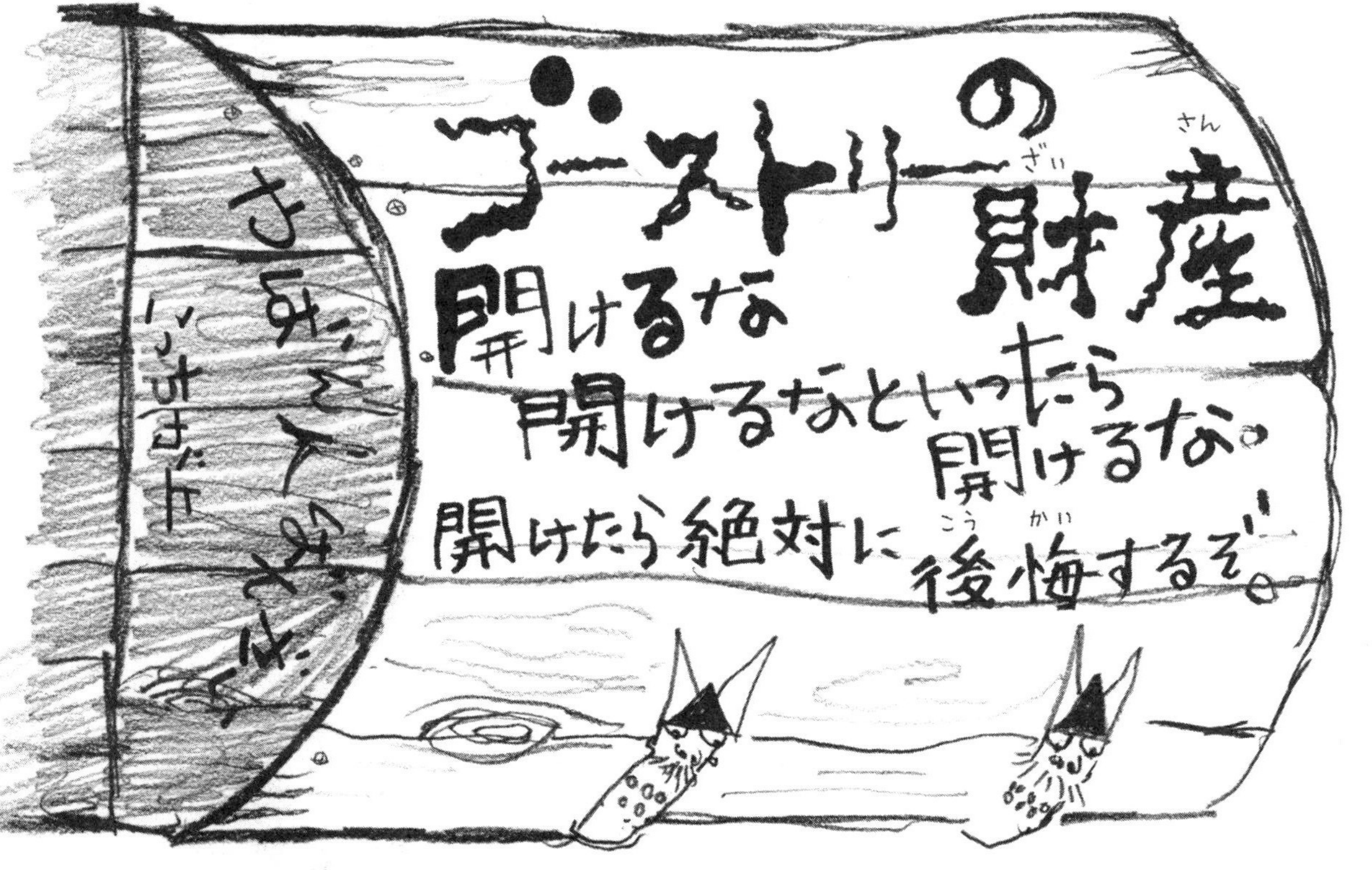
ゴーストリーの財産《ざいさん》
開けるな
開けるなといったら開けるな。
開けたら絶対に後悔《こうかい》するぞ。
やばん人ばんざい
こっちが上

12 ドクロ島脱出《だっしゅつ》！

箱のなかにつまっていたのは、ただの石ころ……ではなかった。あふれんばかりの宝物《たからもの》だった。宝石《ほうせき》の首輪、黄金の杯《さかずき》、そしてモジャモジャ族がいままで見たこともないような、まばゆいものばかり。

「目、あけてもだいじょうぶ？」トゥースレスがきいた。

ヒックは目を開け、「たぶんね」と自信のない声でいった。そして、念のためぬいておいた剣《けん》を握《にぎ》りしめながら、箱のなかをのぞきこんだ。

「ほんとに宝《たから》しか入ってないのかな」ヒックは、まだちょっと疑《うたが》っている。

「あたりまえだ。わしのいったとおり、ワナなんかどこにもない。どうも、おまえはあれこれ心配しすぎる。年寄《としよ》りたちの人生経験《じんせいけいけん》がものをいうときもあるんだぞ」ストイックがいった。

すでにスノットは、ドラゴンやドクロや荒《あ》れくるった波がさやに描《えが》かれた、みごとな剣《けん》を手にしている。まさに、海賊《かいぞく》の王にふさわしい剣《けん》だ。スノットがさやから剣《けん》をゆっくりぬくと、シューとヘビが地をはうような音がした。静かに輝《かがや》く刃《は》に、太陽の光があたる。長いこと、土に埋《う》もれていたとは思えないほど、研《と》ぎすまされているのがわかった。柄《え》には、ワカメのようなあごひげをたくわえた、雷神《らいじん》トールの恐《おそ》ろしい顔が描《えが》かれ、ジグザグの雷《かみなり》を刃《は》に向かって放っている。

「ストームブレードだ……」バギーバムは息をのんだ。

それはまさしく、ゴーストリーの名剣《めいけん》ストームブレードだった。ゴーストリーは、この剣《けん》をふりまわし、インナー海の島々を制覇《せいは》したのだ。

スノットが、剣《けん》をしなやかにふると、刃《は》からするどい光がほとばしった。

と、とつぜん、ストイックが手をのばし、スノットから剣《けん》を取りあげた。

「これはわしの物だ。ストームブレードは、モジャモジャ族のカシラだけが手にできる」

欲《よく》に目がくらんだストイックは、自分の剣《けん》を投げすて、ストームブレードをがっちりと握《にぎ》りしめた。

ふと、トゥースレスが、鼻をくんくんとさせた。

「これ、なんのにおい？」

「においっ？」ヒックがきく。

「なんかにおうぜ」ニューツブレスも顔をしかめた。

ヒックは、ドラゴンのなかで一番鼻がいいファイヤークイーンに目をやった。炎《ほのお》のように真《ま》っ赤《か》なはずのファイヤークイーンが、真《ま》っ青《さお》になってスノットの肩《かた》の上でうなだれている。

「やばい！　ドクロードドラゴンに襲《おそ》われる！　箱を閉《し》めて！」

ヒックは宝箱《たからばこ》に飛びつき、ふたを閉《し》めようとした。

それをバギーバムが、たった一本の太い人さし指で防《ふせ》いでいった。

「ヒックのやつ、ついに頭がおかしくなったぞ」

「オレがうらやましすぎて、気がふれたな」スノ

ットが、にやりと笑った。

「箱を閉《し》めて！　閉《し》めて！　閉《し》めて！」

ヒックが、バギーバムの腕《うで》のなかで必死にもがく。

「落ちつけ。今度は、おまえが宝《たから》を見つけられるさ。それに、何を心配している？　ドクロードラゴンは、耳も聞こえないし、目も見えないんだぞ」ストイックは、イライラしながらも、息子をなだめた。

「でも鼻はきくじゃないか！　ゴーストリーは、宝箱《たからばこ》に、においが出るものをしかけたんだ。ドクロードラゴンが目を覚《さ》ましちゃう！」

「においだと？」ストイックは、ためしに鼻をくんくんさせてみた。あたりには、すでに人間

でもわかるほどの、ひどいにおいがただよっている。ファイヤークイーンは、ヒースの草むらで吐《は》いていた。探検隊《たんけんたい》は、いっせいに鼻をひくつかせた。たしかに、くさった魚と、死んでしばらくたつセイウチと、カビの生えたカニの混《ま》ざったようなにおいがする。

「くっせ〜」探検隊《たんけんたい》は、のたうちまわった。

「箱！　閉《し》めて！！！」みんなの頭の回転の鈍《にぶ》さに、ヒックは顔をむらさき色にして怒《おこ》った。

ストイックは、はっとした。

「あわわわわ……なるほど、そういうことか。早く箱を閉《し》めろ！」ようやく、ことの重大さに気づいたストイックは、自《みずか》ら宝箱《たからばこ》を閉《し》めると、ついでに箱の上に飛びのった。

だが、すでにおそかった。

想像《そうぞう》を絶《ぜっ》するにおいは、どんどん強くなっていく。

ドクロードドラゴンは、たったひとかぎするだけで、たちまち目を覚《さ》ますだろう。そのあとのことは、あまりに恐《おそ》ろしくて考えたくない。ドラゴンがつめを研《と》ぐ音が、いつの間にかやんでいる。それはつまり……。

「に、にげろーーーーーーーーーー！」

ヒックがさけんだ。

「に、にげてーーーーーーーーー！」

ファイヤークイーンの声が重なる。

「退散《たいさん》だ」ストイックは、ゴバーといっしょに宝箱《たからばこ》を持ちあげた。ほかの探検隊《たんけんたい》は、カシラに指示《しじ》されるまでもなく、船の待つ浜辺《はまべ》へと全速力で走っている。

「父《とう》さん、宝箱《たからばこ》はあきらめて。ドクロードラゴンは、そのにおいを追いかけてくるんだ」

ヒックはストイックの横を走りながら、息も絶《た》え絶《だ》えにいった。

「バカいえ！」ストイックの目が、またしてもギラギラしている。「そんなことをしたら、アルビンががっかりするじゃないか。それに、これがあれば、わしはみんなに尊敬《そんけい》されるんだ」ストイックは、カサガイの山をなぎ倒《たお》しながら船へと向かった。

「父《とう》さんは、もうじゅうぶん尊敬《そんけい》されてる。そんな宝物《たからもの》、必要ないよ」ヒックは食いさがった。

だが、ストイックは、聞く耳を持たない。

巣穴《すあな》を通りすぎると、なかからドクロードラゴンが鼻を鳴らす恐《おそ》ろしい音が聞こえた。ヒックは、少し足を速めた。心臓《しんぞう》がバクバクしている。ヒースのしげみをかき分け、シダのあいだをもたもたと進んだ。一度、草に足をとられ、地面に顔から倒《たお》れた。

悪臭《あくしゅう》は、いまや目に見えるほど強くなっていた。宝箱《たからばこ》のへこみやひびから、黄緑色の煙《けむり》がもれだしている。

浜辺《はまべ》に続く崖《がけ》が見えてきた。最後の巣穴《すあな》も通りすぎた。もしかしたら、にげきれるかもしれない。

そのとき、巨大《きょだい》なトラかライオンが、ヒースの草むらをかき分けて走ってくるような音が聞こえてきた。恐怖《きょうふ》で胃がでんぐり返りそうになる。

「に、に、に、にげろ！」ヒックの頭の一メートル上を飛んでいたトゥースレスが、金切り声をあげた。

ヒック、フィッシュ、ストイック、それにゴバーは、ほかの探検隊《たんけんたい》にだいぶおくれをとっていた。ヒックとフィッシュは足がおそいせい、ストイックとゴバーは重い宝箱《たからばこ》を持っているせいだ。

ぼくたちが最初のえじきか……とヒックは思った。

ドクロードドラゴンたちは、すぐうしろに迫《せま》っていた。鼻をフガフガと鳴らす音や、歯をカチカチさせる音が聞こえる。

ヒックは、崖《がけ》っぷちから砂浜《すなはま》に勢《いきお》いよく飛びおりた。無事に着地はしたが、ストレッチソードが足にからまり、あお向けに転んでしまった。

ヒックのあとを追って、巨大《きょだい》なドクロードドラゴンが、カギづめをいっぱいにのばし、よだれをたらしながら、崖《がけ》から飛びおりてきた。怪物《かいぶつ》の大きな顔が近づいてくる。

それは、ヒックが、いままで見たどんなものよりも恐《おそ》ろしかった。年をとってからも、夢《ゆめ》でうなされたほどだ。怪物《かいぶつ》の顔は、顔ではなかった。目も耳もなく、あるのは巨大《きょだい》な鼻と、ギラリと光るきばをむき出しにした口だけ。真っ黒なよだれが、どろりとヒックの顔にたれた。ドクロードラゴンは、片方《かたほう》の前足でヒックをおさえつけ、体中をかぎまわってアキレス腱《けん》をさがした。一本だけ長くのびたカギづめが、太陽の光を浴びて、ぶきみに光る。

ヒックは、手《て》さぐりで剣《けん》をさがした。だが、ストレッチソードは、手の届《とど》かないところに転がっている。

「助けて……」必死に口を動かすが、声が出ない。「助けて！」

そのとき、どこからともなく現《あらわ》れただれかが、ドクローののどをつかむと、剣《けん》でかっさばいた。

ストイックだった。息子が殺されそうになっているのを見て、ようやく宝物《たからもの》の魔力《まりょく》から解《と》きはなたれたのだ。宝箱《たからばこ》は、バギーバムにまかせた。ストイックは、右手にストームブレード、左手に斧《おの》を握《にぎ》っている。

「走れ！」ストイックがどなる。

ヒックは、砂浜《すなはま》を転げるように走った。だが、すぐにうしろからドクロードラゴンたちの足音が迫《せま》ってきた。

も、もう、無理だ……。にげきれない……。

と思ったそのとき、目の前に、穴《あな》のあいた大木が半分砂浜《すなはま》に埋《う》まって横たわっていた。

「もぐれ！　もぐれ！」トゥースレスがさけぶ。

間一髪《かんいっぱつ》で、ヒックは、穴《あな》に飛びこんだ。足を引っこめた瞬間《しゅんかん》、ドクロードラゴンのきばがガシャンと音を立てて閉《と》じた。

大きすぎてなかに入れないドクローは、恐《おそ》ろしい鼻を穴《あな》につっこんで、においをくんくんとかいでいる。そして獲物《えもの》がいることを確認《かくにん》すると、穴《あな》のまわりをかじり始めた。

ヒックは、そばにあった骨《ほね》をつかむと、ドクローの巨大《きょだい》な鼻の穴《あな》におしこんだ。ドクローが、うめき声をあげて引っこむ。

するとべつのドクロードラゴンが、一ぴき、そしてもう一ぴきと大木の上に乗っかってきた。歯で幹《みき》を引っかき、木の皮を突《つ》きやぶるつもりだ。

「たすけて！　たすけて、たーーーすーーーけーーーてーーーー！」そのあいだ、トゥースレスは、さけび続けていた。もちろん、ドクローたちから、じゅうぶんはなれたところからだったが。

穴《あな》から、またドクローの鼻がのぞいた。ヒックは、思いきりなぐった。まわりから、砂《すな》を掘《ほ》る音が聞こえる。ヒックがえじきになるのは、もはや時間の問題だった……。

と、大木の割《わ》れ目《め》から、お父《とう》さんが助けにやってくるのが見えた。お父《とう》さんのドラゴン、ニューツブレスもいっしょだ。ドクロードラゴンが、お父《とう》さんに襲《おそ》いかかった。ニューツブレスが、自分の三倍もあるドクローの背中《せなか》を激《はげ》しく攻撃《こうげき》する。

バリバリバリッ！

ふいに、一ぴきのドクローのカギづめが、木の皮を突《つ》きぬけ、ヒックの胸《むね》を引っかいた。さけた穴《あな》から、ドクローの頭と肩《かた》が現《あらわ》れる。ドクローが口を大きく開けると、真っ黒なのどが見えた。

ヒックは、悲鳴をあげてうしろに倒《たお》れた。

ドクローがとどめを刺《さ》そうと飛びかかってきた、まさにそのとき、穴《あな》の外から、ストイックのもじゃもじゃの腕《うで》がぬっと現《あらわ》れ、ヒックの足首をつかんだ。ストイックは、ヒックを木のなかから引きずりだし、砂浜《すなはま》に立たせた。

「両手をあげろ！」ストイックがさけぶ。

ヒックがいわれたとおりにすると、空中停止していたニューツブレスが、カギづめでヒックの腕《うで》をつかみ、体を持ちあげた。トゥースレスも、ヒックの足を一本だけ受けもった。役に立っているつもりらしい。

ニューツブレスは、大きなつばさをめいっぱい広げた。

ドクロードラゴンは、エサに飛びつく犬のように、宙《ちゅう》に浮《う》いていくヒックめがけて高くジャンプした。ニューツブレスは、ヒックがかみつかれないよう、フーフーいいながら高さを必死に保《たも》っている。

ときおり、ニューツブレスは疲《つか》れて急降下《きゅうこうか》し、ヒックを怖《こわ》がらせた。一度など、飛びかかってきたドクロードラゴンに、ヒックは足を一本かみちぎられそうになったが、すんでのところで身をよじってかわした。

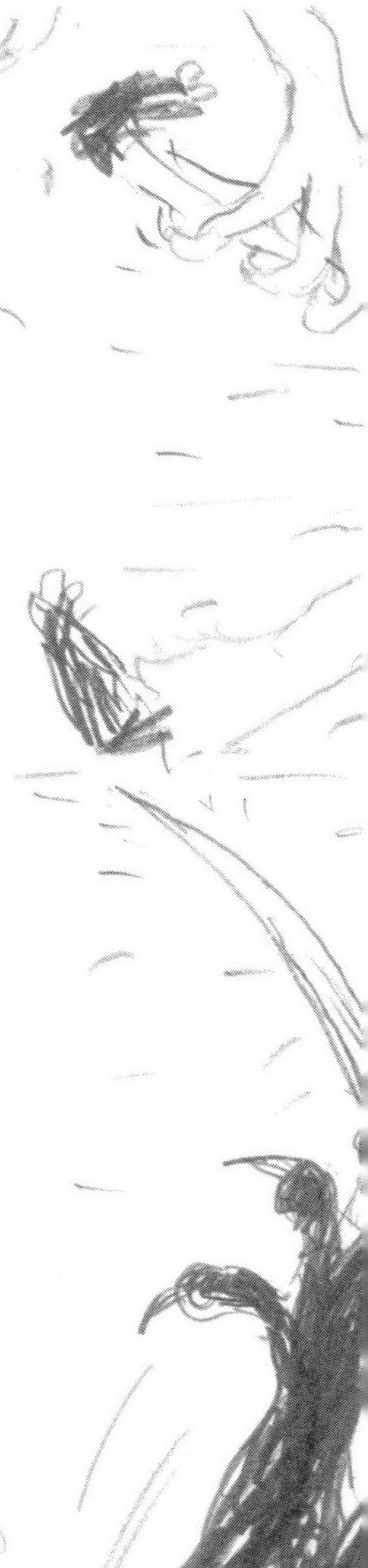

海に出たころには、ニューツブレスはへとへとにくたびれて、高く飛ぶことができなくなっていた。ヒックの足が、海面を引きずる。だが、なんとか助かった。ドクロードラゴンは、水が嫌《きら》いで泳げないのだ。

ニューツブレスは、最後の力をふりしぼってパタパタとつばさをはためかせると、ヒックを十三日の金曜日号の甲板《かんぱん》に落とした。そして、すぐに主人を助けに、ふらふらとドクロー島にもどっていった。

ストイックは、ニューツブレスの助けがなくても、たったひとり

で何びきものドクロードラゴンとりっぱに戦っていた。ふつうだったら、ものの十秒で、あの世行きだ。ストイックは、もう四十歳《さい》。しかも、ものすごく太っているのだ。

ところが、ストームブレードを手にしたストイックは、まるで別人だった。みごとな剣《けん》さばきで敵《てき》を倒《たお》していく。

ストイックは、世にも恐《おそ》ろしいモジャモジャ族のおたけびをあげ、目を血走らせながら、〈炎《ほのお》の千びき斬《ぎ》り〉をやってのけた。身のこなしがたくみな、優秀《ゆうしゅう》な戦士にしかできない高度な技《わざ》だ。左手にスーパー両刃斧《りょうばおの》を持ち、頭の上でぐるぐるとふりまわし、敵《てき》を近づけなくする。同時に、右手に持った剣《けん》で敵《てき》を突《つ》きさす。

片方《かたほう》の手でおなかをさすりながら、もう片方《かたほう》の手で頭をたたくことを想像《そうぞう》してほしい。防御《ぼうぎょ》しながら攻撃《こうげき》するのは、それくらいむずかしいことなのだ。

ストイックは、ドクロードラゴンを一ぴき、また一ぴきと倒《たお》し、海のほうへ向かった。とはいえ、船にたどり着くまでには、まだ何十ぴきものドクローを倒《たお》さなければならない。その全部をたったひとりで始末するのは、不可能《ふかのう》に思えた。ニューツブレスも、なかなか

もどってこない。

ふいに、ストイックは一番近くにいたドクロードラゴンの背中《せなか》に飛びのった。船の上から、カシラを見まもっていた探検隊《たんけんたい》は、びっくりぎょうてんした。ドクローは、怒《いか》りくるって身をよじり、ストイックをふり落とそうとする。ストイックは、太ももでしっかりとドクローの背中《せなか》をはさみこみ、剣《けん》と斧《おの》を右に左にふりまわして、まわりのドクローを倒《たお》していった。

ストイックを乗せたドクローは、まるでカウボーイを乗せたあばれ馬のように、仲間たちのあいだをぬって海へと突進《とっしん》した。そして、浅瀬《あさせ》に着くと、ようやくストイックをふり落とした。ストイックは、おなかからザブンと海に落ちた。剣《けん》と斧《おの》をしっかりとしまい、死《し》に物狂《ものぐる》いで船に向かって泳ぐ。

広い浜辺《はまべ》は、いまや何万びきものドクローで埋《う》めつくされていた。その光景は、まるで地獄《じごく》だ。ドクローたちは、波打《なみう》ち際《ぎわ》で、怒《いか》りのほえ声をあげながら立ちつくしていた。腹《はら》を立てて、自分より弱い仲間に八つあたりを始めている。ヒックは、何びきかが八《や》つ裂《ざ》きにされるのを、船の上から見ていた。

探検隊《たんけんたい》は、なんどもなんども歓声《かんせい》をあげた。

ストイックは、船に引きあげられると、自分に酔《よ》いしれた。すさまじい拍手喝采《はくしゅかっさい》をしずめ、剣《けん》についた血を服でぬぐい、きれいになった刃《は》に感謝《かんしゃ》のキスをする。そして、ぼさぼさ頭をのけぞらせると、野獣《やじゅう》のようなほえ声をあげた。

べっとりと血のついた服を着て、片手《かたて》にストームブレードを持った姿《すがた》は、ヒックの知っているお父《とう》さんではなかった。

13 兄弟げんか

ヒックの胸《むね》の傷《きず》は、思ったよりも深かった。この傷《きず》は、ドクロー島の思い出とともに、一生残るものとなる。さらに、ニューツブレスのカギづめに長いことぶら下がっていたせいで、右肩《みぎかた》を脱臼《だっきゅう》してしまった。ゴバー教官が力まかせに元にもどし、自分のシャツをさいて、つり包帯を作ってくれた。

モジャモジャ探検隊《たんけんたい》は、おたがいの肩《かた》をたたきあって喜んだのち、すぐにオールを手にとった。ぶきみなドクロー島から、一刻《いっこく》も早くはなれたかったのだ。そして、バーク島の見なれた崖《がけ》が見えてくると、ようやくオールから手をはなし、霞《かすみ》がかったおだやかな海の流れに身をまかせ、宝箱《たからばこ》のまわりに集まった。

ストイックがふたを開けると、においはもうほとんど消えていた。とはいえ、箱の底を見ると、黄緑色のクリスタルが、かすかな煙《けむり》をあげながら、まだくさった卵《たまご》のようなにおいを放っている。これが、ゴーストリーのしかけたワナだった。空気にふれるとにおいを発するクリスタルが、ドクロードラゴンをおびき寄《よ》せるからくりになっていたのだ。

なんてみごとで恐《おそ》ろしいワナだろう。

だが、ワナに守られていた宝物《たからもの》は、本当にすばらしかった。アルビンが、少なくとも三分は言葉を失うほどだった。アルビンは、つっ立ったまま目を見ひらき、宝《たから》をひとつひとつ手にとっては、やさしくなで、コインを手ですくっては、指のあいだからジャラジャラとこぼした。

「もちろん、宝《たから》の十パーセントは、あんたにあげよう」ストイックが、気前がいいだろう？　といわんばかりに腹《はら》をつき出した。

「なんと太《ふと》っ腹《ぱら》なストイック様！」アルビンは、やっと口がきけるようになっていった。

「ちょっと待て。宝《たから》を見つけたのがスノットだってことは、わかってるんだろうな」バギーバムが口をはさむ。

「わかっとる」ストイックは、しぶしぶ答えた。

ヒックは、生きて帰ってこられただけでも、感謝《かんしゃ》しなくてはいけないとわかっていた。

わかってはいたけれど、自分が情《なさ》けなくてしかたがなかった。今回の探検《たんけん》が意味することは、ただひとつ。ヒックは、カシラの息子だけれども、モジャモジャ族の未来のカシラではないということだ。未来のカシラは、ヒックよりも強くて、すばやくて、なんでもできるスノットだということだ。

「ってことはだな。常識的《じょうしきてき》に考えれば、宝《たから》はスノットのものということになる。スノット、おまえは、どこの馬《うま》の骨《ほね》ともわからないやつに宝《たから》を分けてやりたいか?」バギーバムがきいた。

「やだね」スノットは、にやりと笑った。

と、ストイックが宝箱《たからばこ》のふたを、ものすごい勢《いきお》いでバタンと閉《し》めた。そして、バギーバムのシャツのえりぐりをつかむと、運動不足のシャチのようなその巨体《きょたい》を持ちあげた。

「モジャモジャ族のカシラは、このわしだ!　宝《たから》さがしを指揮《しき》したのも、このわしだ!　宝《たから》は、わしのものだ。わしひとりのものだ!」

するとバギーバムが、ストイックの横《よこ》っ腹《ぱら》にパンチを一発お見舞《みま》いした。ストイックの握力《あくりょく》がゆるみ、バギーバムがドスンと床《ゆか》に落ちる。

バギーバムは、負けじとわめきたてた。

「あにきは、カシラの座《ざ》に、ちと長くいすぎたんじゃねぇか。そろそろ引退《いんたい》しろって神のお告げだ。謎《なぞ》の詩には、宝《たから》をさがしあてたものが跡継《あとつ》ぎだって書いてあったじゃねぇか。オレの息子が未来のカシラなら、いまのカシラはオレってこった！」

「うるせぇ、カシラはわしだ！」ストイックは、地団駄《じだんだ》をふんだ。

「ちげぇやい！」

「そうだわい！」

ふたりは、おたがいの肩《かた》をつかみ、にらみあった。メスを争うオスのシカのように、かぶとの角《つの》をぶつけあっている。

「降参《こうさん》しろ」ストイックが、ドスのきいた声でいう。

「おまえこそ、降参《こうさん》しろ」バギーバムも負けていない。

「なんだと！」

探検隊《たんけんたい》は、ふたりのけんかにすっかり気をとられ、だれもアルビンの怪《あや》しい動きに気づかなかった。

ドラゴンたちは、すでに船から飛びたっていた。船がバーク島にじゅうぶん近づくと、食べ物と休息を求めて、一足先に帰ってしまったのだ。いまや、十三日の金曜日号に残っているドラゴンは、トゥースレスだけ。太ったサバを何びきも食べたので、おなかがいっぱいになり、飛んで帰るのがめんどうになったのだ。そこで、甲板《かんぱん》でストイックとバギーバムのけんかを楽しそうにながめていた。

と、そのとき、アルビンが、どっしりとした空《から》の樽《たる》を持ちあげ、けんかに見いっているトゥースレスにそっとかぶせた。それから、兄弟げんかに割《わ》って入った。

「まあ、まあ、まあ、ふたりとも落ちついてください。今日《きょう》は、じつにめでたい日です。

モジャモジャ族にとって、新たなる栄光の時代の幕開《まくあ》けなんですから。宝《たから》は、全員に分けてもあまりあるじゃないですか。さあ、秘宝発見《ひほうはっけん》を祝って、乾杯《かんぱい》しましょう！」

張《は》りつめた空気を変えようと、モジャモジャ族たちは歓声《かんせい》をあげた。ゴバー教官とヒュージファートが、ストイックとバギーバムを引きはなした。ほうっておいたら、一日中、にらめっこを続けかねない。

こうして、クロフサスグリのワインがみんなに配られた。ストイックは、ストームブレードを引きぬいた。すでに、耳には宝箱《たからばこ》からちょうだいした耳飾《みみかざ》りがぶら下がっている。

「半人前も一人前もよく聞け！　わしらモジャモジャ族は、数こそ少ないが負けしらずだ。ローマ帝国《ていこく》よりも、すばらしい国をつくりあげようではないか！」ストイックは、ワインの杯《さかずき》を高々と持ちあげた。「この宝《たから》とともに、モジャモジャ族は、全世界を――」

14 裏《うら》切《ぎ》り

ストイックは、最後までいい終えることができなかった。というのも、目つきの悪い大男に首をつかまれ、おせじにも清潔《せいけつ》とはいえないナイフをのどに突《つ》きつけられたからだ。

「全世界を、うぐぐぐぐ……」ストイックは息をつまらせ、目をむいた。

ほかのモジャモジャ族たちも、ひとり残らず首をつかまれ、のどにナイフを突《つ》きつけられている。

ドクロー島から無事脱出《だっしゅつ》したことで、だれもが有頂天《うちょうてん》になっていた。それにストイックとバギーバムのけんかに夢中《むちゅう》で、小さなシャレた小舟《こぶね》が霞《かすみ》のなかから現《あらわ》れ、十三日の金曜日号に横づけしたことに気づかなかったのだ。〈シュモクザメ号〉と名づけられたこの舟《ふね》には、サメの背《せ》びれのような帆《ほ》が立っていた。赤色のドクロと二本の骨《ほね》が交差した海賊《かいぞく》のマークがついている。

小舟《こぶね》は、流れ者たちでぎゅうぎゅうづめだった。みんな、みごとな赤毛で背《せ》が高く、きらびやかな服を着て、黄金の宝飾品《ほうしょくひん》をまとっているのに、ブサイクだった。ほとんどの顔には傷跡《きずあと》がある。鼻や片耳《かたみみ》がない者もいた。歯は、やすりで削《けず》ったのか、サメのようにとがっている。それなりの二枚目《にまいめ》も、敵《てき》の血でそめたタトゥーで、その美貌《びぼう》が台なしになっていた。流れ者たちは、犬のほえ声のような言葉で会

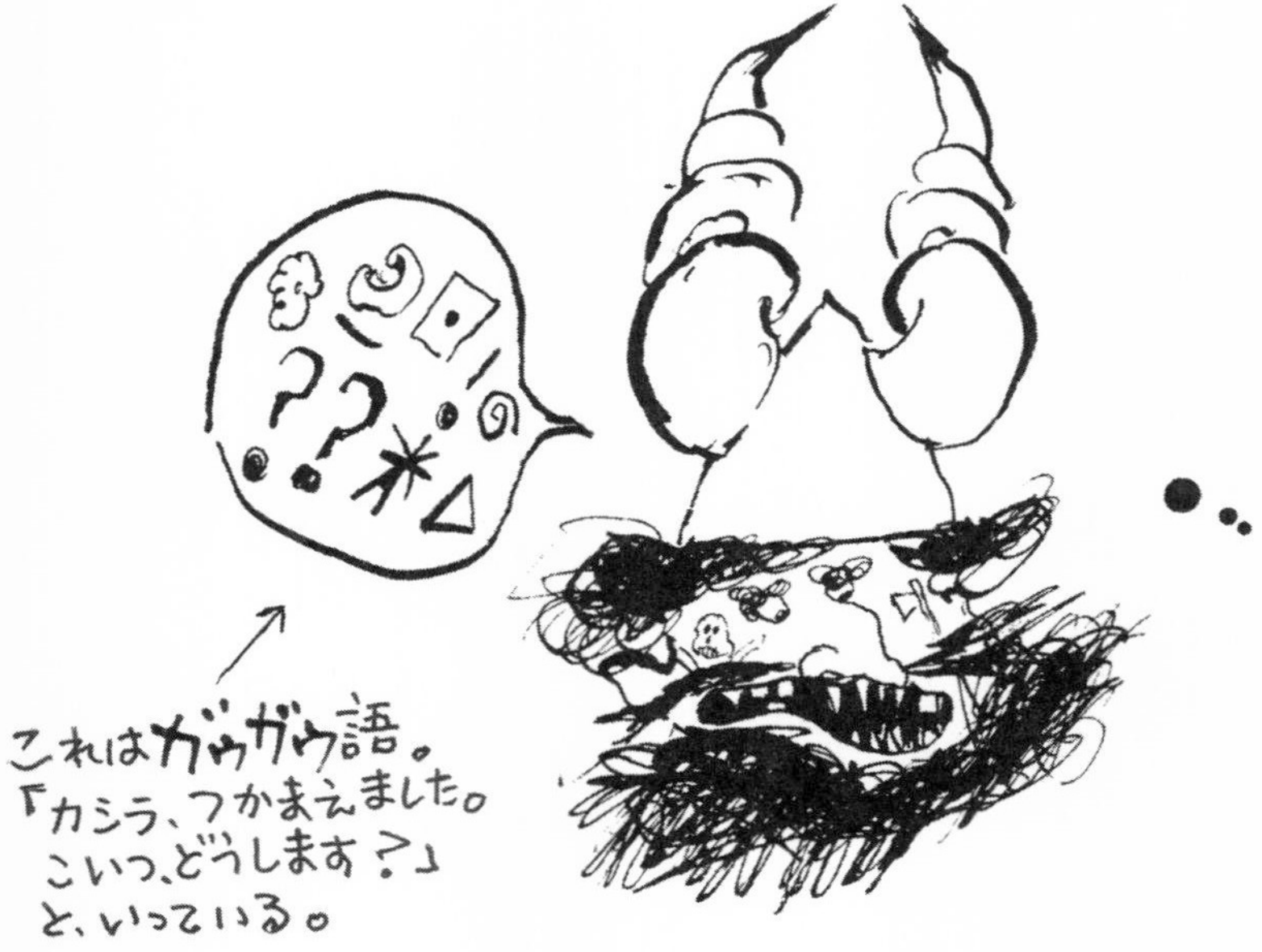
これはガウガウ語。
「カシラ、つかまえました。
こいつ、どうします？」
と、いっている。

話をしていた。バイキングの言葉のなかでも、もっともむずかしいといわれる〈ガウガウ語〉だ。

流れ者たちは、モジャモジャ族が宝物《たからもの》にうつつをぬかしているあいだに、こっそりと十三日の金曜日号に乗りこみ、ひとりひとりの背後《はいご》にしのびよっていたのだ。

もちろん、トゥースレスは、流れ者たちのにおいに、いち早く気づいた。大きな樽《たる》のなかで、「ながれものが、来たぞ！　おたんこなすたち、早くにげろー！」と必死にさけんでいたのだ。しかし、その声は、だれにも届《とど》かなかった。

結局のところ、この日はモジャモジャ族に

とって最悪の日となった。流れ者は、ドクロードラゴンと同じくらい危険《きけん》でタチが悪い。それなのに、同じ日の、しかも午前中のうちにその両方と出くわしたのだ。

ヒックは、男たちが流れ者だということには気づかなかったが、悪い人たちだということは一目でわかった。お父《とう》さんの首をつかんでいる男の凶暴《きょうぼう》そうな顔を見て、心臓《しんぞう》がトビハゼのようにはねる。男は、一メートル近くある巻《ま》き角《づの》のついたかぶとをかぶり、犬のような、うなり声をあげていた。

まるまる一分間、だれもひとことも口をきかなかった。ぴくりとも動かなかった。聞こえるのは、ストイックをつかんでいる男のうなり声と……。

アルビンがワインを飲むゴクゴクという音だけ。

そう、アルビンののどには、ナイフが突《つ》きつけられていなかったのだ。

アルビンは涼《すず》しげな顔で、クロフサスグリのワインを最後の一滴《いってき》まで飲みほすと、キザなしぐさで杯《さかずき》を置いた。

「この旅のしめくくりとして、みなさまに大どんでん返しをご用意いたしました」アルビンが、人なつっこいあの笑顔を見せていった。

ストイックが、うめき声をあげる。

「ああ、たまらなくゆかいだ。残念ながらモジャモジャ族の栄光は、しばしおあずけとなりましょう。わたくしの分け前が、たった十パーセントなんて、ご冗談《じょうだん》でしょう？　もしストイックさんが、それ以上くださらないというならば、力ずくで納得《なっとく》していただこうと、部下たちを呼《よ》んでまいりました」

ストイックが、ふたたびうめき声をあげる。

アルビンが、巻《ま》き角男《づのおとこ》にガウガウ語でなにかどなると、巻《ま》き角男《づのおとこ》は同じようにどなり返した。

「悪気はなかったのですが、ちょっとしたウソをついたことは認《みと》めましょう」アルビンは続けた。「わたくしは、貧《まず》しいけれど、正直《しょうじき》な百姓《ひゃくしょう》ではございません。流れ者たちの偉大《いだい》なる長《おさ》、流血の支配者《しはいしゃ》にして裏切《うらぎ》り者《もの》のアルビンでございます。なぜでしょうねぇ、最初からそう名乗ると、温かい歓迎《かんげい》を受けられないんですよ」

「流れ者!?」モジャモジャ族たちが、いっせいに息をのむ。

アルビンは、高笑いをした。

「そのとおり。流れ者は、動物の毛皮を着て、はだしで歩いているとでも思っていましたか？　わたくしたちだって、時代とともに変わるのです」アルビンはストイックに近づくと、その手からストームブレードをゆっくりと取りあげた。「これは、いただいておきましょう」

　そして、以前ヒックの目の前でしたように、右手のフックをくるくると回して取りはずした。剣《けん》ホルダーを取りつけ、ストームブレードを注意深くセットし、ぐらぐらしないようしっかりとしめる。こうしている

あいだも、話を続けた。
「ストイックさん。わたくしたちのような未開の地に住む民族は、いま、新たな危機《きき》に直面しています。文明の波に飲みこまれないためには、より野蛮《やばん》に、より残酷《ざんこく》にならなくてはいけない。あなたは少し人がよすぎる」
「そんなことはない！」ストイックは、目をむいた。
「ゴーストリーが、いまのあなたの姿《すがた》を見たら、さぞがっかりするでしょうね。あなたがたは、うわっつらだけで、本当はぜんぜん悪《あく》党《とう》じゃないんですよ。わたくしは努力して、流れ者たちをここまで育てあげました。服装《ふくそう》やマナーは文明人のようですが、中身はいままでよりもさらに残酷《ざんこく》で、さらに流れ者らしい。わたくしたちこそ、殺し屋にして生き血を吸《す》う奴隷商人《どれいしょうにん》、真の海賊《かいぞく》なのです！」

アルビンは、一息つくと、バーク島をあごで示《しめ》した。

「そうそう、故郷《こきょう》は見おさめですよ。何もない、ちっぽけな島ですがね。これから、あなたがたは、奴隷《どれい》として売られる身ですから」

モジャモジャ族たちは、ざわめいた。プライドが高く、自由を好むバイキングにとって、これほどくやしいことはない。

「さぞかし、りっぱな奴隷《どれい》になることでしょう。なんといっても体力がある。それに、正直《しょうじき》いって、頭がよくない。脅迫《きょうはく》するのは性《しょう》に合いませんが、さからうと一生後悔《こうかい》しますよ」アルビンがそういい終えると、鼻のない流れ者が、黒いムチを腰《こし》からほどいた。持ち手がヘビの頭の形をしている。

アルビンが手をたたくと、部下たちは、モジャモジャ族をシュモクザメ号へと引ったてた。

「そう、全員、奴隷《どれい》になっていただきます。ただし、ストイックさんはべつです」

巻《ま》き角男《づのおとこ》が、ストイックを解放《かいほう》した。ストイックは、堂々とアルビンに近づいていった。

「カシラには、それ相応《そうおう》の敬意《けいい》をはらわなくてはなりません。奴隷《どれい》になどせず、食ってしまうのが、わたくしたちの習わしなのです」アルビンの声が冷たくひびく。

「おまえら、人食いなのか！」

「ええ、ええ。たしかに時代おくれかもしれません。しかし、むかしの習わしをすべて捨《す》ててしまっては、一族に示《しめ》しがつかないのです」

「し、し、し、し、しかし……」

「あなたがなんといおうと、わたくしの考えは変わりませんよ。ふだん、あなたがたが食べているものだって、望んで食べ物になったわけじゃない。あなたは、豚肉《ぶたにく》を召《め》しあがるでしょう？」

「く、食う……」ストイックが、うなずく。

「ほうら！　自《みず》らすすんで夕食になる豚《ぶた》なんていないんですよ。そうそう、もう少しでい忘《わす》れるところでした……」アルビンは、妙《みょう》にうれしそうだ。クスクスと笑いながら、話を続ける。「わたくしたちの敬意《けいい》は、カシラだけでなく、その跡継《あとつ》ぎにもはらわれます。

「あのガリガリのテナガエビみたいなやつが、モジャモジャ族の跡《あと》継《つ》ぎだって？」
といっている。
!?

そういえば、あなたたちは跡継《あとつ》ぎのことで、何やらもめていませんでしたか？　まあ、そんなことはどうでもいい。わたくしが知りたいのは、だれがモジャモジャ族の未来のカシラかということです。さあ、名乗りをあげてください」

このときばかりは、スノットも、自分だとは、いいはらなかった。ドッグブレスのうしろにかくれ、まるで質問《しつもん》が聞こえなかったかのように下を向き、つま先が銅《どう》でできたサンダルを見つめている。

ヒックは、ため息をついた。座席《ざせき》

の上に立ちあがり、みんなの注目を集める。

「ぼくです。ストイックの跡継《あとつ》ぎは、ぼくです」

ストイックは、自分の息子を誇《ほこ》りに思い、満面の笑《え》みを浮《う》かべた。

流れ者たちのあいだに、どよめきが起こった。ガウガウ語を知らないヒックでも、いっていることはだいたい想像《そうぞう》できる。「あのガリガリのテナガエビみたいなやつが、モジャモジャ族の跡継《あとつ》ぎだって？」みたいなことだ。

ふたりの巨大《きょだい》な流れ者がヒックを持ちあげ、ストイックのとなりにおろした。

アルビンは、ストームブレードをふりかざした。イッカククジラの角《つの》が歯の一部であるように、剣《けん》はアルビンの体の一部のようになじんでいる。

「まるで、この剣《けん》を握《にぎ》って生まれてきたようでしょう？」アルビンは、うっとりといった。

刃《は》の雷模様《かみなりもよう》が、太陽の光を浴びて白光りしている。アルビンが刃《は》を指で軽くなぞると、甲板《かんぱん》に血がしたたり落ちた。

「みごとな切れ味。すぐに終わりますよ」アルビンはそう受けあうと、ヒックに近づいていった。

15　十三日の金曜日号の戦い

　アルビンは、ストームブレードをふりかざしたまま、ヒックにじりじりと近づいた。ヒックは、覚悟《かくご》を決めて目をつぶった。

　と、そのとき、トゥースレスの入った樽《たる》がひっくり返った。トゥースレスは、いままで樽《たる》の内側から、ずっと体あたりしていたのだ。最後の力をふりしぼってぶつかると、樽《たる》は横に倒《たお》れ、トゥースレスを入れたまま、ごろごろと転がりはじめた。

　アルビンは、その樽《たる》に足元をすくわれ、ひっくり返った。

　アルビンのヒィーーーーーという悲鳴がひびきわたると、流れ者たちがすきを見せた。そのすきを突《つ》いて、ストイックがふり

むきざまに、巻《ま》き角男《づのおとこ》のあごに、みごとなアッパーカットを決めた。ほかのモジャモジャ族たちも、おどろいた敵《てき》の剣《けん》が、のどからずれた瞬間《しゅんかん》を見のがさなかった。

こうして、十三日の金曜日号では、大乱闘《だいらんとう》がくりひろげられた。

「モジャモジャ族は人がよすぎるだと！　これを見てから、もう一度いってみろ！」ストイックは、バイキングのおたけびをあげると、素手《すで》で流れ者たちに飛びかかった。右手と左手で敵《てき》をひとりずつつかむと、ふたりの頭をゴツンと打ちつけ、同時に片足《かたあし》でもうひとりの横《よこ》っ腹《ぱら》をけりあげる。敵《てき》があまりの痛《いた》さにうずくまると、その背中《せなか》に飛びのり、そこへ飛びかかってきた敵《てき》ふたりを始末した。

とはいえ、さすがのストイックも、武器《ぶき》がなくては、そう長くは戦えない。ストイックの手助けをしたのは、バギーバムだった。五分前には大げんかをしていた兄弟が、いま、背中《せなか》を合わせて戦っている。

こうして〈十三日の金曜日号の戦い〉は、モジャモジャ族が、子どもや孫に語りつぐ伝説となった。流れ者は、バイキングの世界では無敵《むてき》だ。しかし、モジャモジャ族たちは必死だった。怒《おこ》っていた。自由のために戦っていた。だから、いままでにないような、そして、これからもないような勇ましい戦いぶりを見せたのだ。

のちに、この戦いで、二十人以上がブラックメダルをもらった。ブラックメダルとは、とくに勇敢《ゆうかん》に戦った者に贈《おく》られる賞だ。

船の上では、見ごたえのあるさまざまな技《わざ》がくりひろげられた。すべては、ゴバー教官の訓練のたまものだ。ノバーは、高度な技《わざ》を必要とする〈斧《おの》ダンス〉を披露《ひろう》した。二本の斧《おの》をお手玉のように回し、敵《てき》の目が回ったところで、とどめを刺《さ》す戦法だ。マストの上では、海賊訓練《かいぞくくんれん》プログラムの生徒たちが、自分の二倍近くはある敵《てき》に、果敢《かかん》に立ちむかっていた。訓練で学んだ技《わざ》

を次々と使っている。

なかでもおどろくべき活躍《かつやく》を見せたのは、フィッシュだった。戦いの火ぶたが切って落とされると、我《われ》を失ったフィッシュは、やみくもに敵《てき》に突撃《とつげき》していった。気が狂《くる》ったように金切り声をあげ、剣《けん》を頭の上でぶんぶんとふりまわす。

バイキングでは、このような状態《じょうたい》になることを〈野獣化《やじゅうか》する〉といい、みんなの尊敬《そんけい》を集める。モジャモジャ族のなかで、フィッシュほど野獣化《やじゅうか》するのにふさわしくない者はいないが、戦いでは何が起きるかわからない。

流れ者たちは、フィッシュをさけて戦った。野獣化《やじゅうか》した戦士には、敬意《けいい》を表する習わしなのだ。たとえそれが、身長百三十センチしかない、のろまで剣術《けんじゅつ》がど下手《へた》な少年であったとしても。

スノットの戦いの腕前《うでまえ》も、たいしたものだった……といわざるをえない。手首をすばやく動かし、フラッシュカットを四方八方にふりおろす。大魔《だいま》神防御《じんぼうぎょ》やゴーストリー斬《ぎ》り、とどめ刺《ざ》しなど、複雑《ふくざつ》な技《わざ》も次から次へと決めていった。スノットは、ものの五分で、自分よりずっとりっぱな図体《ずうたい》をした敵《てき》を三人もくたばらせた。これは、いまも破《やぶ》られていない最年少記録だ。

ヒックも、スノットに負けない戦いぶりを見せた……といいたいところだが、ウソをつくわけにはいかない。ヒックが右肩《みぎかた》を脱臼《だっきゅう》したことと、ストレッチソードをドクロー島の

浜辺《はまべ》に置いてきてしまったことを覚えているだろうか。それでもヒックは、できるかぎりのことをした。ゴバー教官ともみあっている巻《ま》き角男《づのおとこ》のポケットに手をのばし、鍵《かぎ》を盗《ぬす》みとると、くさりでつながれていた四、五人を解放《かいほう》した。自由になったモジャモジャ族たちは、さっそく、戦いに加わった。

さらにさわぎを大きくしたのは、トゥースレスだった。樽《たる》からふらふらになって出てくると、最初に目についた毛むくじゃらの足にかみついた。おどろいたデブっちょの敵《てき》は、手に持っていたたいまつをワインの樽《たる》に落としてしまった。

ワインに何がふくまれているのかわからないが、樽《たる》はとつぜん炎《ほのお》をあげた。火は勢《いきお》いを増《ま》し、もう手のつけようがない。帆《ほ》がのたうつように燃《も》えあがり、黒い煙《けむり》が甲板《かんぱん》をおおった。

モジャモジャ族たちは火の手からのがれようと、十三日の金曜日号から次々と海へ飛びこんだ。

ストイックも、おなかから飛びこむと、戦いが続いている敵《てき》の小舟《こぶね》、シュモクザメ号に近づいた。そして小舟《こぶね》によじのぼると、うしろをふりむき大声で息子を呼《よ》んだ。

「ヒック！　早くこっちに来い！」

「カシラのいうこと聞け！　早くにげろ！」トゥースレスが息を切らしていった。

ヒックは、ためらった。

フィッシュが、まだ十三日の金曜日号に残っているのだ。

野獣化《やじゅうか》したフィッシュは我《われ》を失ったまま、剣《けん》を片手《かたて》にアルビンにとどめを刺《さ》そうと、あとを追っていた。アルビンは、この混乱《こんらん》に乗じて宝物《たからもの》をひとりじめしようとしていたのだ。

「フィッシュ！　いますぐ脱出《だっしゅつ》しないと！」ヒックは声のかぎりさけんだ。

だが、フィッシュには、聞こえていないようだ。

「フィッシュ！　いますぐ脱出《だっしゅつ》しないと！」ヒックが、さらに大きな声でさけぶ。

だが、もう手おくれだった。


ギギギギギギーーーーーーーッ。


燃《も》えさかるマストが倒《たお》れた。

十三日の金曜日号は、ヒック、フィッシュ、アルビン、トゥースレスを乗せたまま、あっという間に転覆《てんぷく》した。

そして、ストイックの目の前で海に飲みこまれていった。

この海域《かいいき》は島から近いのに、イセエビさえいないほど深い。

「ヒーーーーーーック！！！！」ストイックの絶叫《ぜっきょう》がひびく。

ストイックは、もう二度と息子に会えないと覚悟《かくご》した。

この状況《じょうきょう》で、助かるはずがない。

16 海底

ヒックが、まず考えたのは、このままではおぼれ死ぬということだった。ぐるぐる回転しながら、ものすごい勢《いきお》いで海底に引きこまれていく。頭が破裂《はれつ》しそうだ。もうどうなってもいいや、というふしぎな感覚に包まれはじめたとき、だれかに肩《かた》を荒々《あらあら》しくつかまれた。ヒックは、ひっくり返った船のなかの、空気が閉《と》じこめられた空間に浮《う》きあがり、ゴボゴボとせきこんだ。

船はすさまじい速さで沈《しず》んでいたので、耳がキーンと痛《いた》くなったが、もう息は苦しくない。

「ぼくが、きみを救う番だよ」フィッシュが、あえぎながらいった。

「そりゃ、どうも」ヒックは息が整うと、皮肉をこめていった。「でも、そもそもこんなことになったのは、だれのせいだよ！　きみがアルビンを追いかけ

たりしなければ、ぼくたちはいまごろ、助かってたのに。大きな声で呼《よ》んだの、聞こえなかった？」

「何も聞こえなかった」フィッシュの顔が赤くなる。

「よりによって、あんなときに野獣化《やじゅうか》しなくても」

フィッシュの顔が、もっと赤くなる。

「ぼく、本当に野獣化《やじゅうか》したの？」フィッシュは、自分に思いもかけない凶暴《きょうぼう》さが秘《ひ》められていたことを、ちょっぴり誇《ほこ》らしく思ったのだ。

「うん。それより、ぼくたちはまだ助かったわけじゃない。ここは家のベッドじゃないからね。いったいどこなんだ？」

そのとき、船はようやく沈《しず》むのをやめ、海底にゆっくりと着地した。

「海のそこ」トゥースレスが答えた。ひっくり返ったかぶとのなかで、体を丸めている。目がろうそくの炎《ほのお》のように光り、まるで巣《す》のなかにいる、いじわるなワシのようだ。暗闇《くらやみ》で目が光るのは、ヘイボンドラゴンの唯一《ゆいいっ》の、か

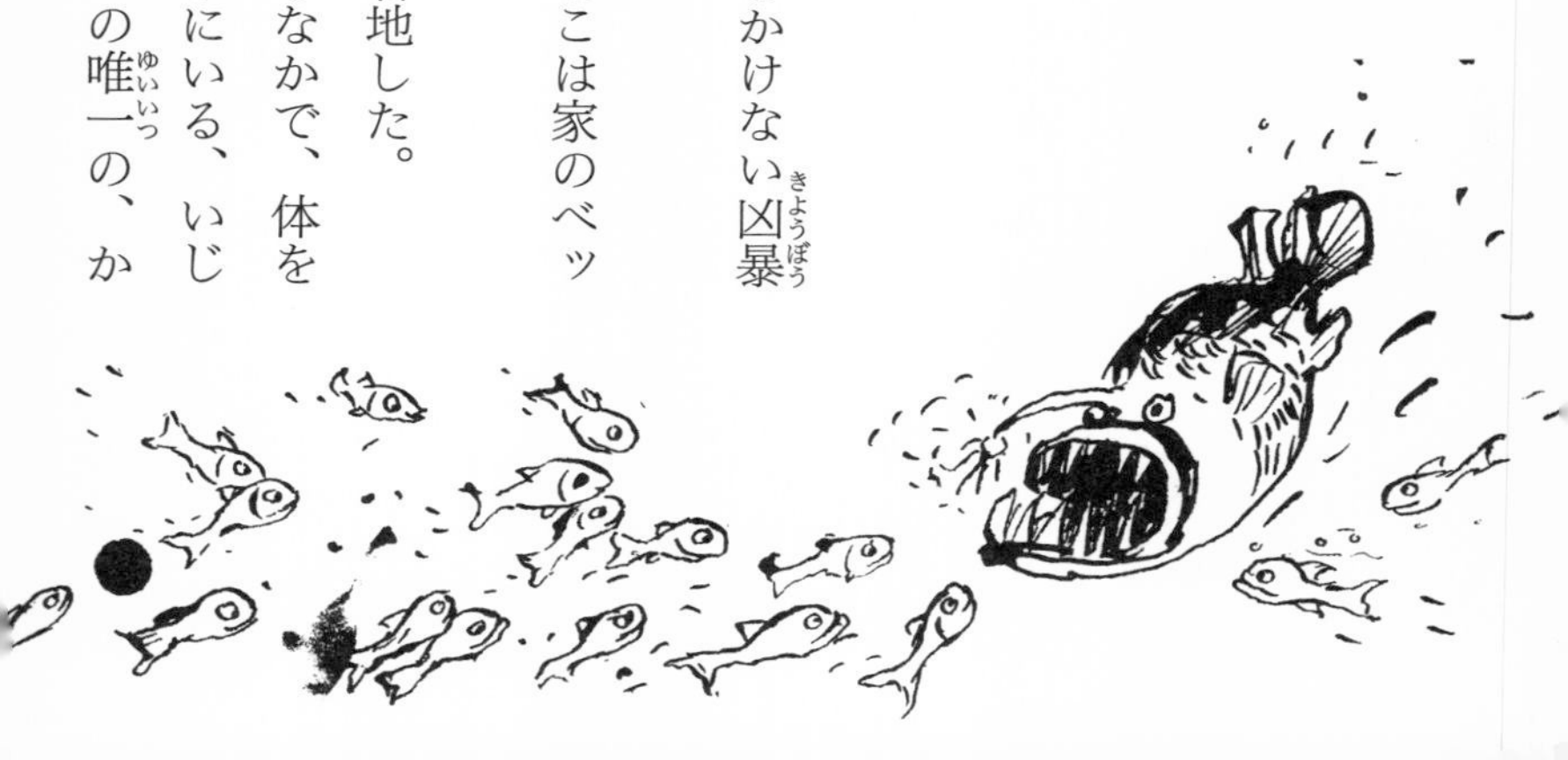

っこいい特徴《とくちょう》なのだ。

「船が転覆《てんぷく》したんだ。どうやらぼくたちは、空気ポケットのなかにいるみたい」フィッシュがいった。

ヒックは、ひっくり返った十三日の金曜日号のなかを見まわした。たしかに、アーチ型の低い天井《てんじょう》から、座席《ざせき》がぶら下がっている。あたりには、いす、オール、クッションなどがぷかぷか浮《う》いていた。目をこらしたり、耳をすましたりしてみたが、ほかにはだれもいないようだ。

「みんなは、脱出《だっしゅつ》できたんだね」フィッシュがいった。

「ちょっと待って。いすの下に、だれかがはさまってる」ヒックは、水をバタバタとけり、海のなかにもぐった。小さな波が、フィッシュとトゥースレスにおしよせる。

約一分半後。

ようやく水面に浮《う》かびあがったヒックが抱《だ》きかかえていたのは、青白い顔をしてぐったりとした裏切《うらぎ》り者《もの》のアルビンだった。

「なんで、そんなやつ、たすけるの？　トゥースレス、このドブネズミ、しまっする！」

トゥースレスは、意識《いしき》を失っているアルビンに、うれしそうにカギづめをのばした。

と、まるでトゥースレスの声が聞こえたかのように、アルビンの目がぱっと開いた。そして、顔をくしゃくしゃにして赤《あか》ん坊《ぼう》のように泣きだした。

「わたくしの宝《たから》が！」

「宝《たから》なんて、どうでもいいでしょ」フィッシュが冷たくいった。「ほんの三十分前まで、ぼくたちを奴隷《どれい》にしようと思ってたくせに。ヒックを殺そうとしていたのはだれだよ？あなたが宝《たから》さがしをしようなんていわなかったら、ぼくらはいまごろ、ゴバー教官の〈よそ者をおどす方法〉の授業《じゅぎょう》を受けながら、窓《まど》の外をのんきにながめてたはずなんだから」

するとアルビンが海の底を見つめていった。

「わたくしは、あきらめませんよ。宝《たから》は、近くにあるはず。すぐに見つかります。あなたがたも手伝いなさい。王さまのようなくらしを手に入れましょう」

「こりないやつだな」と、フィッシュ。

「宝《たから》をさがしているひまなんてないよ。ああ、今日《きょう》は、とことんついてないな。……ところで、なんか空気がどんどん減《へ》ってる気がしない？」
ヒックのいうとおりだった。
空気ポケットは、どんどんせまくなってきていた。

17 ピンチ

天井《てんじょう》が、数分前よりずっと近くに迫《せま》ってきていた。あと十センチほどで、ヒックのかぶとの角《つの》がついてしまいそうだ。

一瞬《いっしゅん》、沈黙《ちんもく》が流れた。アルビンの目が正気《しょうき》にもどった。さすがに自分の命は、宝物《たからもの》より大事らしい。

一方、ヒックは、落ちこぼれだったけれど、こういう危機的《ききてき》な状況《じょうきょう》にはうまく対応《たいおう》できるほうだった。

「いいかい、トゥースレス。ここから出て、海面までどれくらいあるか調べてきて」ヒックは、そういうと、ぐずぐずしているトゥースレスを見て、つけたした。「いますぐにだ」

「わかったよ。そんなにプンプンすんな」

小さなドラゴンは、水中に消えた。あたりが急に真《ま》っ暗闇《くらやみ》になる。トゥースレスの光る

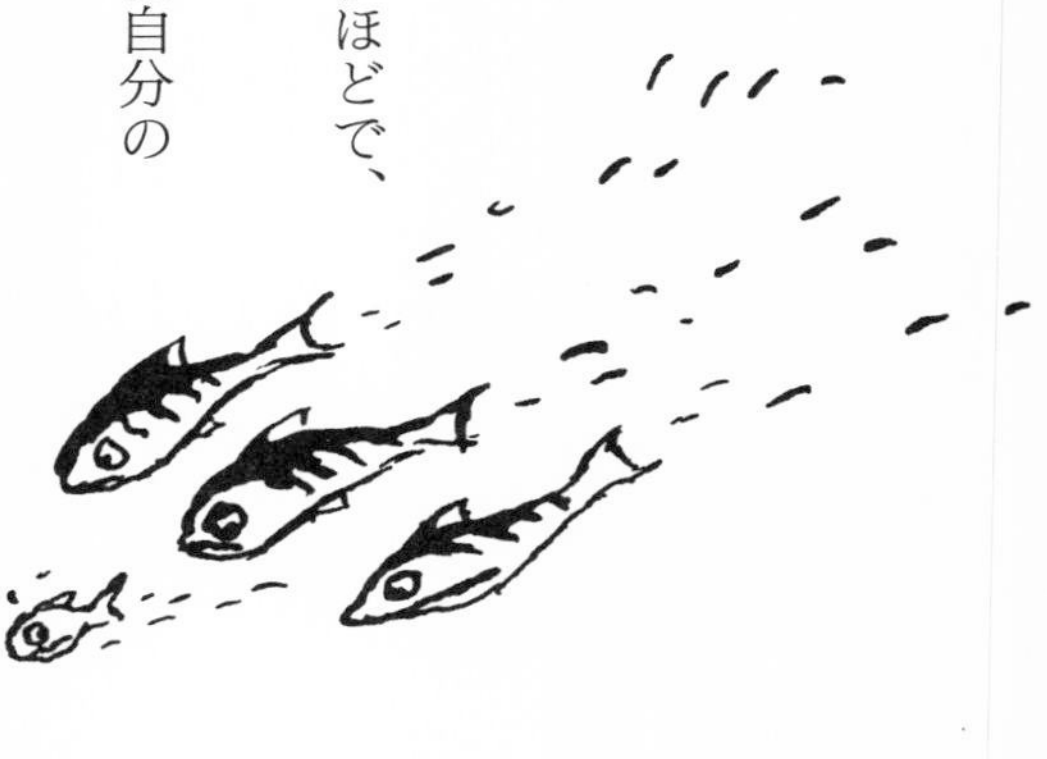

目がないと、何も見えない。ぶきみな静けさが広がった。聞こえるのは、船を打つ水の音と、シューというかすかな音だけ。風船の空気がぬけるように、船から空気がもれていく音だ。

それから五分後。空気ポケットはさらにせまくなり、ヒックは、かぶとを脱《ぬ》がなければならなくなった。頭が船の天井《てんじょう》にくっつく。

アルビンは、すっかりパニックにおちいっていた。

「あのハ虫類のチビは何してる！」アルビンはそういうと、水をガブリと飲みこみ、せきこんだ。

「そのハ虫類のチビがいなきゃ、助からないんだぞ！」フィッシュは、アルビンと同じくらい恐怖《きょうふ》におびえていたが、感情《かんじょう》を必死におさえていった。

それからさらに五分後。ヒックたちは、顔を上に向け、鼻だけを水から出して空気を吸《す》っていた。

そろそろもどってこないと、この暗闇《くらやみ》のなかでおぼれ死ぬことになるな……とヒックは思った。

そのとき、水のなかでふたつの光がチラチラとゆらめいた。トゥースレスだ！

「ここ、とってもふかぃよ。人間、およいでうかびあがるの、むり。でも、ほらぁな、見つけた。こっち、こっち」水中から顔を出したトゥースレスがいった。

「フィッシュ、ぼくにつかまって。きみは足をバタバタさせるだけでいい」ヒックがそういったのは、もちろんフィッシュが泳げないからだ。

ヒックが大きく息を吸《す》い、トゥースレスのあとに続いて海にもぐると、船のなかに残っていた最後の空気が、飲みこまれて消えた。

幸い、船のへりの一部が大きな岩に引っかかっていたため、ヒックたちは、そのすきまから船の外に脱出《だっしゅつ》した。

ヒックは、ふたたび真《ま》っ暗闇《くらやみ》に包まれ混乱《こんらん》した。見あげると、崖《がけ》にあいた小さな穴《あな》から光がもれていた。トゥースレスが、その光に吸《す》いこまれていく。ヒックは、トゥースレスのあとを追って全速力で泳いだ。息がだんだん苦しくなってくることや、フィッシュが片方《かたほう》の足につかまっていて動きにくいことは、なるべく考えないようにする。

穴《あな》に入ると、上に向かってまっすぐ続くトンネルのなかを、無我夢中《むがむちゅう》でのぼっていった。ようやく海面に出る。目の前には巨大《きょだい》な洞窟《どうくつ》が広がっていた。

ヒックが息を整えていると、すぐ横にアルビンが浮《う》かびあがってきた。

洞窟《どうくつ》は広くて、海底にあるにもかかわらず、おどろくほど明るかった。ぶきみな緑色の明かりは、チョウチンドラゴンが発するリン光だ。洞窟《どうくつ》の壁《かべ》や天井《てんじょう》からは、水がしたたり落ちている。

ヒックは、まだ生きていること、空気を思う存分《ぞんぶん》吸《す》えることがうれしくて、ほっと胸《むね》をなでおろした。冷静になって、まだ助かったわけではないと気づいたのは、しばらくたってのことだった。

「それで、どうやってここから脱出《だっしゅつ》する?」フィッシュ

は、ズボンをしぼり、腕《うで》をふって水を飛ばしながら、できるだけ落ちついた声でいった。

洞窟《どうくつ》のなかには、ふだんだったらヒックが夢中《むちゅう》になるであろう、おもしろい形をした岩がたくさんあった。めずらしいドラゴンの化石もいっぱいだった。絶滅《ぜつめつ》した種のものもある。なかでも、アナヘビドラゴンの完全な化石は、初めて見るものだった。発見されている化石の数が少ないため、本当にいたのかさえ疑《うたが》われているドラゴンだ。洞窟《どうくつ》のなかは、状況《じょうきょう》さえちがっていれば、ヒックの心をうばうものであふれていた。

ヒックたちは、洞窟《どうくつ》を一時間半ほど歩きまわって、出口をさがした。そして、ないことがわかると、へなへなと座《すわ》りこんだ。

死を目の前にして、しかも味方の流れ者たちがいないいま、アルビンは〈貧《まず》しいけれど正直《しょうじき》な百姓《ひゃくしょう》〉にもどっていた。こんなことに巻《ま》きこんでしまったことを、ヒックたちにあやまりさえした。

「信じられない！　悪い夢《ゆめ》を見てるようだよ。助かったと思うたびに、もっと危険《きけん》な状況《じょうきょう》になってるなんて」フィッシュは、ブルブルと震《ふる》えている。

「たしかに、いい状況《じょうきょう》とはいえないけれど、出口はきっとある」ヒックは、フィッシ

ュたちを元気づけた。

と、洞窟《どうくつ》の奥《おく》のほうで、くんくんと鼻を動かしていたトゥースレスがさけんだ。

「きんぞくのにおいする！　ここ、ここ！」

「トゥースレス、宝《たから》さがしはもう終わったんだよ」ヒックが答えた。

「もう、やんなっちゃうよ」フィッシュは続けた。「今日《きょう》だけでいったい何回死にかけた？　その一、ドクロードラゴンに八《や》つ裂《ざ》きにされそうになった。その二、人食いの流れ者に食べられそうになった。その三、船の上で丸こげになりそうになった。その四、海の底でおぼれ死にそうになった。で、こんどは、海底の洞窟《どうくつ》に閉《と》じこめられて、ゆっくりと飢《う》え死《じ》にするのを待つだけなんて。もう、最悪の日だよ」

「きんぞくじゃなかった。とびらだった」がっかりしたトゥースレスの声が聞こえた。

「扉《とびら》？　扉《とびら》だって？」ヒックは、トゥースレスにかけよった。フィッシュとアルビンが顔を輝《かがや》かせて、あとを追う。

つもりにつもったほこりと、こびりついた泥《どろ》を

はらいのけると、扉《とびら》が現《あらわ》れた。いままで気づかなかったことが、ふしぎなくらいだ。

「地上に出られるかな？」フィッシュが生つばをのむ。

「わからない」ヒックは、慎重《しんちょう》に答えた。

扉《とびら》には、ドクロマークが描《えが》かれていた。書かれている文字にも見覚えがある。大胆《だいたん》で下手《へた》くそな文字は、剣《けん》で書かれたものにちがいない。

この扉《とびら》は、真の跡継《あとつ》ぎのみ開けることを許《ゆる》す。
今度こそ、いうことを聞くがよい。
ほかの者がこの扉《とびら》を開けようものなら、
死と破滅《はめつ》と想像《そうぞう》を絶《ぜつ》する恐怖《きょうふ》に襲《おそ》われることになるだろう。
ここに、とある海賊《かいぞく》の財産《ざいさん》が眠《ねむ》る。

アルビンが、目をギラギラと輝《かがや》かせはじめた。ふたたび、流血の支配者《しはいしゃ》の顔にもどる。おもむろに、手に取りつけられているストームブレードをふりかざした。

言葉は必要なかった。ヒックには、アルビンのもくろみがすぐにわかった。

「や、やだよ。ぼくは、開けないからね」ヒックが、じりじりとあとずさる。

「断《ことわ》れる立場かね？」アルビンは、ストームブレードの先をヒックの胸《むね》のまんなかに軽くあてた。

「でも、ぼくは真の跡継《あとつ》ぎじゃない。ドクロー島で宝《たから》を見つけたのは、スノットだったでしょ。あの詩にも〈宝《たから》見つけし　真の跡継《あとつ》ぎ〉って書いてあったじゃない」

「スノットが見つけた宝《たから》は、はたして本物だったのでしょうか？　あれは、ここにある真の宝物《たからもの》を見つけださせないための、目くらましだったのでは？　海のなかからしか、たどり着けない洞窟《どうくつ》に宝《たから》をかくすとは、ゴーストリーも考えたものです。スノットが見つけた宝《たから》が本物でないとなれば、彼《かれ》はカシラの跡継《あとつ》ぎではないことになりますね」

「それは、よかった！」フィッシュが、張《は》りつめた空気を少しでもなごませようとする。

「真の跡継《あとつ》ぎは、きみです」アルビンは、フィッシュを無視《むし》して続けた。「十三日の金曜日号で、だれが跡継《あとつ》ぎかとわたくしがきいたとき、答えたのはだれでしたか？　きみです。スノットではなかった。わたくしたちは、ゴーストリーと運命の女神《めがみ》に試されたのです。なるほど、謎《なぞ》の詩がいま、解《と》けましたよ。ここは、まさに〈湿《しめ》った墓《はか》〉ではありませんか。それに、扉《とびら》をかぎあてたけものは？　きみのドラゴンだ」

「ほらね！　トゥースレス、ファイヤークイーンより、くんくんが上手《じょうず》でしょ！」トゥースレスがいった。

「ヒックくん、モジャモジャ族の未来のカシラは、きみです。この扉《とびら》を開けられるのは、きみしかいない」

「でも、ぼく、いやだよ。もう少し時間をくれれば、こんな扉《とびら》を開けなくたって、地上に出る方法を見つける。それに、ワナのこと覚えてる？　ゴーストリーの棺桶《かんおけ》を開けて、右手をちょん切られたでしょう？　ドクロー島では、宝箱《たからばこ》を開けて、ドラゴンたちに追いかけまわされたじゃないか。この扉《とびら》だって、開けたら絶対《ぜったい》ひどいことが起きるよ。ワナは、どんどんタチが悪くなってきてるんだよ！」

「自分の立場が、わかっていないようですね。扉《とびら》を開けなければ、命はありません」アルビンは、ストームブレードを少し前に突《つ》きだした。刃《は》の先が、ヒックの胸《むね》に食いこむ。

「ちょっと確認《かくにん》したいんだけど、この扉《とびら》を開けたら、ぼくたちを殺さないと約束してくれる？」ヒックはきいた。

「裏切《うらぎ》り者《もの》の名にかけて誓《ちか》いましょう」

「なんの名にかけてだって？」フィッシュが、目を白

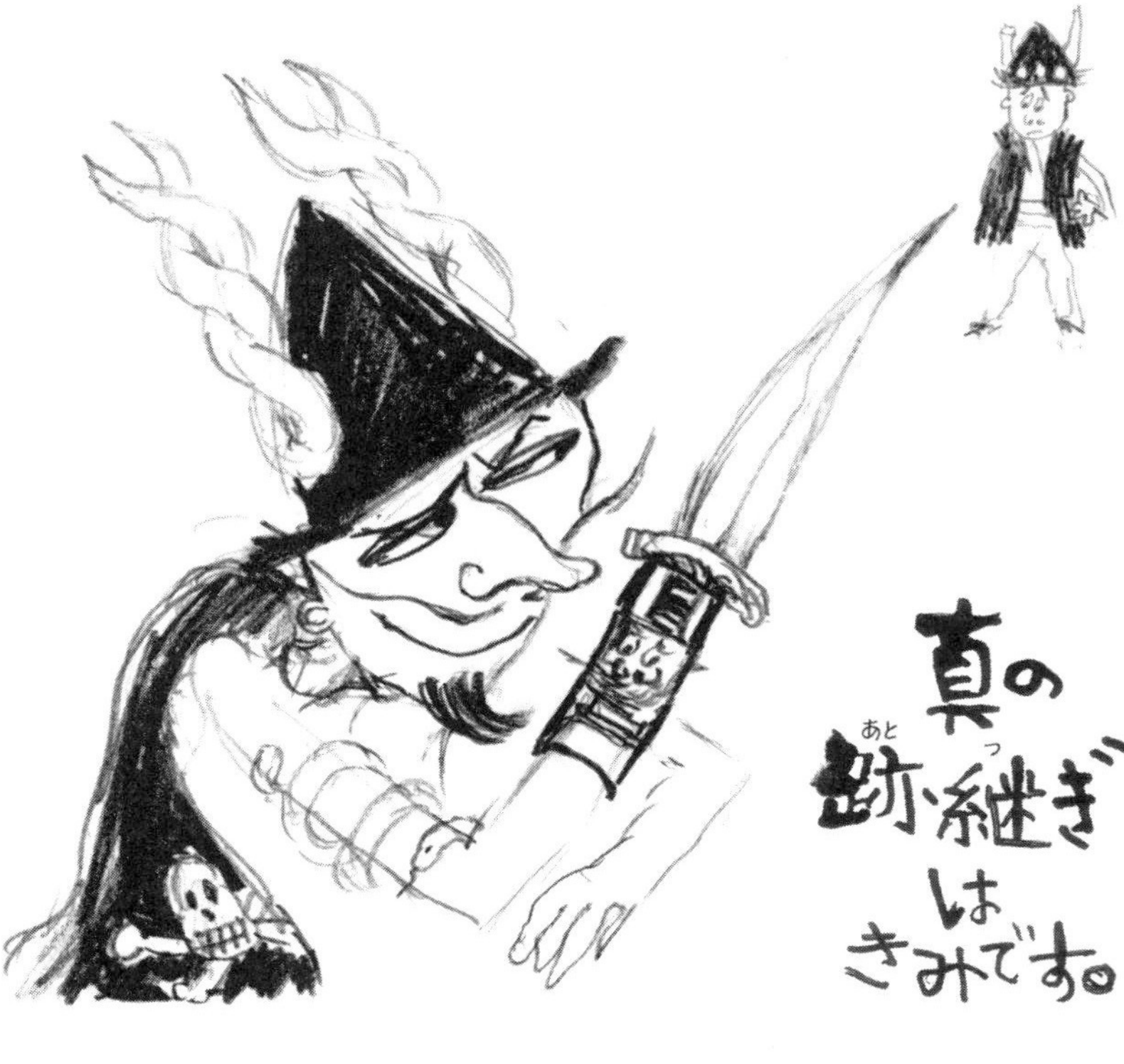

黒させる。「ねえ、ヒック、こいつは宝《たから》を手にしたら絶対《ぜったい》にぼくらを始末するよ。扉《とびら》の向こうに宝《たから》があればの話だけど……」

「でも断《ことわ》れば、いますぐ殺される。どうしようもないよ」ヒックは、くちびるをかみしめながら、全体重をかけて重い鉄のかんぬきを左に引いた。

「まずいよ、絶対《ぜったい》にまずいよ、絶対《ぜったい》にまずいって」フィッシュとトゥースレスは、目をつぶりながらなんどもいった。

ヒックは、ゆっくりと扉《とびら》を開けた。


ギギギギギギイイイイイイイ……。

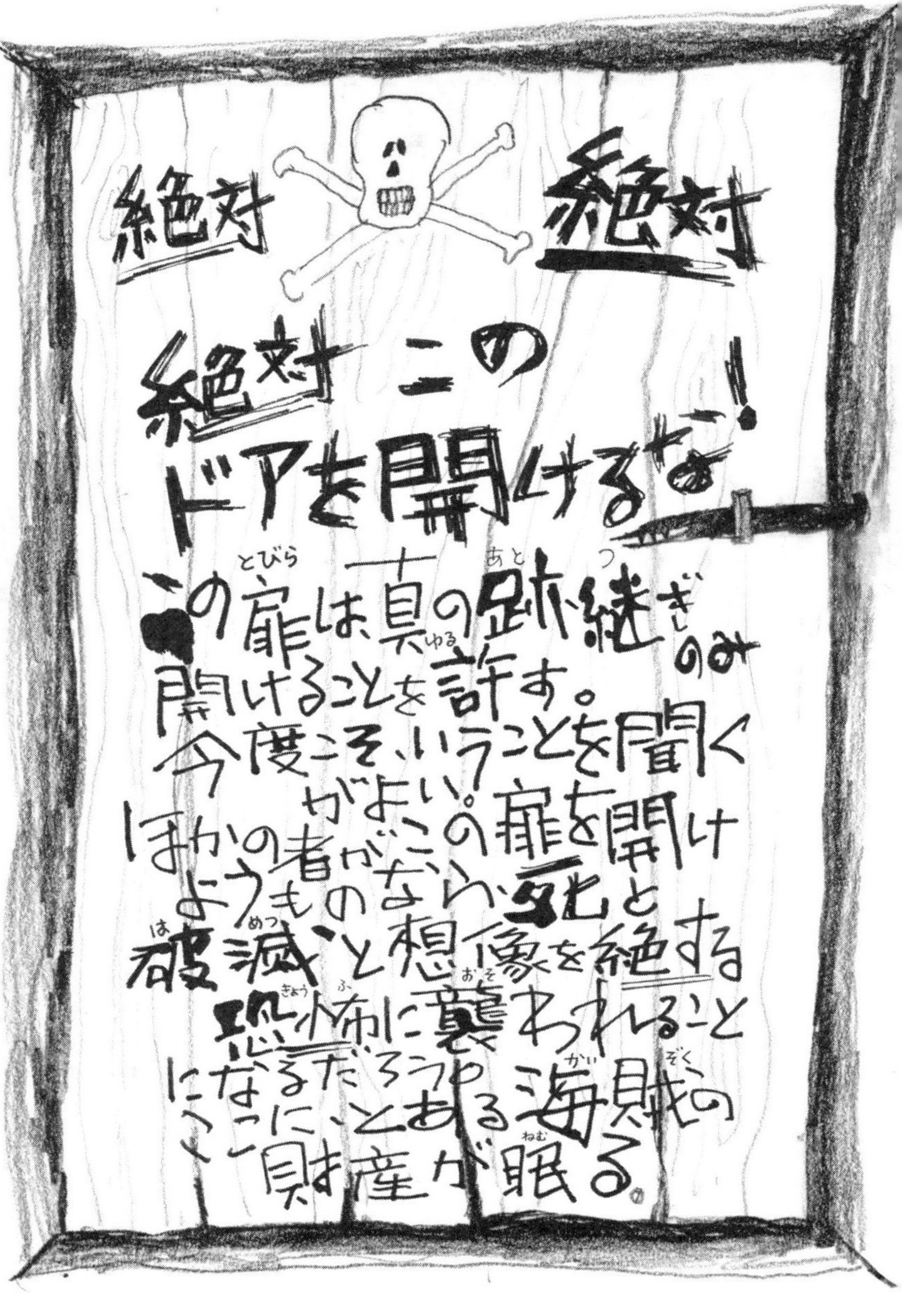
絶対　絶対
絶対この
ドアを開けるな!!
この扉《とびら》は真の跡《あと》継《つ》ぎのみ開けることを許《ゆる》す。
今度こそ、いうことを聞くがよい。
ほかの者がこの扉を開けようものなら、死と破《は》滅《めつ》と想像を絶する恐《きょう》怖《ふ》に襲《おそ》われることになるだろう。
ここに、とある海《かい》賊《ぞく》の財産が眠《ねむ》る。

ヒック、フィッシュ、アルビン、トゥースレスは、おどろきのあまり、口を魚のようにパクパクさせた。

なんと、扉《とびら》の向こうには、すみからすみまで宝物《たからもの》で埋《う》めつくされた、べつの洞窟《どうくつ》が広がっていたのだ。さすがのアルビンも、満足するほどの量だった。

ヒックたちは、磁石《じしゃく》のようにその美しさに引きよせられた。宝物《たからもの》の上には、さらに宝《たから》物《もの》が積みかさなり、大きな山を作っている。表にローマ皇帝《こうてい》カエサル、裏《うら》に海神ネプチューンが彫《ほ》られた金貨《きんか》の山が、山脈のように連なっている。ホタテ貝のようにぷっくりとしたルビーや人魚の目のようなエメラルドが、たくさんの丘《おか》を作っている。海をただようタツノオトシゴを細かくデザインした豪華《ごうか》な銀杯《ぎんぱい》もあれば、カキのように大粒《おおつぶ》の黄金が連なった首飾《くびかざ》りもある。アナゴの歯のようにするどい刃《は》をした剣《けん》の柄《え》には、タコの足が巻《ま》きついた模様《もよう》が入っていた。

それは、ヒックでさえ、自分を見失いそうになるほど、魂《たましい》を吸《す》いとられそうになるほど、世界を忘《わす》れてしまいそうになるほど、みごとな宝《たから》の数々だった。

「こ、こ、これは、すごい」アルビンは宝《たから》の山に近づくと、美しい曲線をしたきらびやかな黄金のゴブレットを手にとった。イルカたちが、黄金色の海でとびはねている。

一方、ヒック、フィッシュ、トゥースレスはふと我《われ》に返り、アルビンが宝《たから》に気をとられているすきに、開いたままの扉《とびら》に向かって、そろそろとあとずさりした。

と、それを目のはしでとらえたアルビンは、腕《うで》をのばすとストームブレードの先で扉《とびら》を閉《し》めた。

「わたくしの許可《きょか》なしに、ここを出てはいけません」

「アルビン、約束、忘《わす》れてないよね？　扉《とびら》を開ければ、ぼくたちを殺さないって」ヒックが不安げにきく。

「もちろん、忘《わす》れていませんとも」アルビンは、黄金のゴブレットをもう一度なでまわすと、宝《たから》の山にそっともどした。「しかし、わたくしは、よそ者との約束を必ずしも守らないんです。育ちのせいもあるのかもしれません。母親に愛された記憶《きおく》がないのでね。わたくしが絶対《ぜったい》に守る約束は、自《みずか》らに誓《ちか》った約束だけ」アルビンは、いじわるそうに目を細め、獲物《えもの》をねらうカニのような横歩きで、ヒックにじりじりと近づいた。

「きみに個人的《こじんてき》なうらみがあるわけではないんです。しかし、むかし、あの棺桶《かんおけ》に右手をちょん切られたときに、ゴーストリーの宝《たから》を必ずや見つけだし、彼《かれ》の子孫に復讐《ふくしゅう》すると自分に誓《ちか》ったものでね。わたくしは手を失ったんですから、子孫の命をいただくくらい、当然のことではありませんか？」アルビンは、そういうと、ストームブレードをヒックめがけてふりおろした。

ヒックは、とっさに身をかわすと、一番近い宝《たから》の山に飛びのり、よじのぼりはじめた。

「先祖《せんぞ》が残した伝説の剣《けん》に息の根を止められるとは、きみも皮肉な運命ですね」アルビンがクスクスと笑う。

「トゥースレス！　剣《けん》！」ヒックはさけんだ。

アルビンは、ヒックのあとを追って宝《たから》の山によじのぼり、ふたたび剣《けん》を荒々《あらあら》しくふりおろした。

ヒックは、大きな黄金の馬車のうしろにかくれた。

「トゥースレス！　早く！」

「わかってるよ。うるさいなぁ。いま、さがしてるの！」トゥースレスは、さほど遠くない武器《ぶき》の山で、ブツブツと文句《もんく》をいっている。

トゥースレスは、ストームブレードに勝るとも劣《おと》らない、大きくて美しく華《はな》やかな剣《けん》を三つ見つけた。だが、どれも重すぎて持ちあげられなかった。そこで次は、いまいちぱっとしないけれど、使いやすそうな小さい剣《けん》に目をつけた。刃《は》がさびているが、選《え》り好《ごの》みをしている場合ではない。トゥースレスは、剣《けん》を口でくわえて、ヒックのもとへと急いだ。

ヒックは、宝《たから》の山を四分の一ほど登ったところにいた。細い目に真《ま》っ赤《か》な炎《ほのお》をたたえたアルビンが、ストームブ

レードをヌンチャクのようにふりまわして、ヒックのあとを追ってくる。

アルビンが、とどめの一撃《いちげき》をくらわせようとしたまさにそのとき、トゥースレスがさびた剣《けん》をヒックの手に落とした。ヒックは、すんでのところで攻撃《こうげき》をかわした。アルビンの剣《けん》をまともに受けていたら、ヒックの頭は一瞬《いっしゅん》のうちに転がりおちていただろう。

ヒックは、剣《けん》を左手に持った。脱臼《だっきゅう》した右腕《みぎうで》には、つり包帯が巻《ま》かれているからだ。

これじゃ、すぐやられちゃうな……ヒックは思った。なんといっても、相手は大の大人《おとな》だ。それにひきかえ、ヒックは、右手でさえ、おせじにも剣《けん》さばきがうまいとはいえない。

「ヒック、剣《けん》を立てて。相手の剣《けん》から目をそらしちゃだめだよ。柄《え》をしっかり握《にぎ》って。足の動きにも注意して」フィッシュは、なんとか助けになろうと、宝《たから》の山にはいのぼりながら必死にさけんだ。

アルビンが、ヒックの腹《はら》めがけて剣《けん》をふりおろすと、ヒックの左手が反射的《はんしゃてき》に動き、アルビンの剣《けん》をみごとに防《ふせ》いだ。ヒックは、自分にびっくりした。

びっくりしたのは、アルビンも同じだった。剣《けん》を引きもどすと、今度はヒックの首を切りつけようとした。すると、ヒックの左手がさっと上がり、切られる寸前《すんぜん》にアルビンの剣《けん》を受けとめた。

アルビンは、あっけにとられながらも、やみくもに剣《けん》を横にはらったり、縦《たて》にふりおろしたり、前に突《つ》いたりした。しかしヒックの左手は、考えるより先に、アルビンの攻撃《こうげき》を次々に防《ふせ》いだ。

「こりゃ、びっくり。ひょっとしてヒックって、左きき？」フィッシュがさけんだ。

この戦いが、のちにヒックの武勇伝《ぶゆうでん》になると思ったら大まちがいだ。というのもヒックは、将来《しょうらい》、伝説の天才剣士《てんさいけんし》となるからだ。これからの戦いぶりに比《くら》べたら、この一騎打《いっきう》ちなど、防御《ぼうぎょ》ばかりのぶざまなものだったといえる。

それに、アルビンは、剣術《けんじゅつ》がそれほどうまくなかったので、たいした敵《てき》ではなかった。面と向かって戦うより、敵《てき》の飲み物に毒を盛《も》ったり、うしろから岩でなぐりつけたりするほうが得意なのだ。それでも、ヒックよりも年をとっていたし、力も経験《けいけん》もあった。

ヒックにとって、この戦いは、生涯《しょうがい》で一番デキがいいといえるものではなかったが、一番忘《わす》れられないものとなった。なんといっても、この日初めて自分が左ききであることに気づき、おどろき、そして感動したのだから。

たとえば、それまでさか立ちで歩くことしか知らなかったとする。いつも転んだり、つまずいたりして、何をやってもびりっけつ。そんなある日、足で歩けることに気づいた。ヒックが左手に剣《けん》を持ったときの気持ちは、ちょうどそんな感じだった。あまりに爽快《そうかい》だったので、戦うのが楽しくなったくらいだ。

さらにヒックには、トゥースレスという強い味方がいた。小さなドラゴンは、なんどもアルビンの顔に襲《おそ》いかかり、攻撃《こうげき》の手をゆるめさせた。

「真の跡継《あとつ》ぎともあろうものが、ふたりがかりで攻撃《こうげき》するとは、ひきょうじゃないかね」

アルビンは、にやりと笑った。

すっかり気が高ぶっているヒックは、思わず自信過剰《じしんかじょう》になり、「トゥースレス、ほっといてくれ！」とトゥースレスをはらいのけようとした。

「何してるの？」フィッシュは、ヒックが助けを借りずに戦おうとしていることを知り激《げき》怒《ど》した。「トゥースレス、続けろ。命令だ。ヒック、これは、海上剣術《かいじょうけんじゅつ》の授業《じゅぎょう》じゃないんだぞ。命が、かかってるんだ。どんな助けも無駄《むだ》にするな！」

実際《じっさい》、海上剣術《かいじょうけんじゅつ》で学んだことは、とても役に立った。宝《たから》の山は、船の甲板《かんぱん》と同じように、足場がぐらつくからだ。アルビンがなんどもつまずき転びそうになる一方、ヒックはうまくバランスをとることができた。

とはいえ、ヒックは苦戦していた。トゥースレスの助けを借りても、アルビンを倒《たお》すことはできない。アルビンは、むしずが走るような笑《え》みを浮《う》かべながら、ヒックを追いつめていった。いつもの涼《すず》しげな表情《ひょうじょう》をしているが、目は怒《いか》りに燃《も》えている。

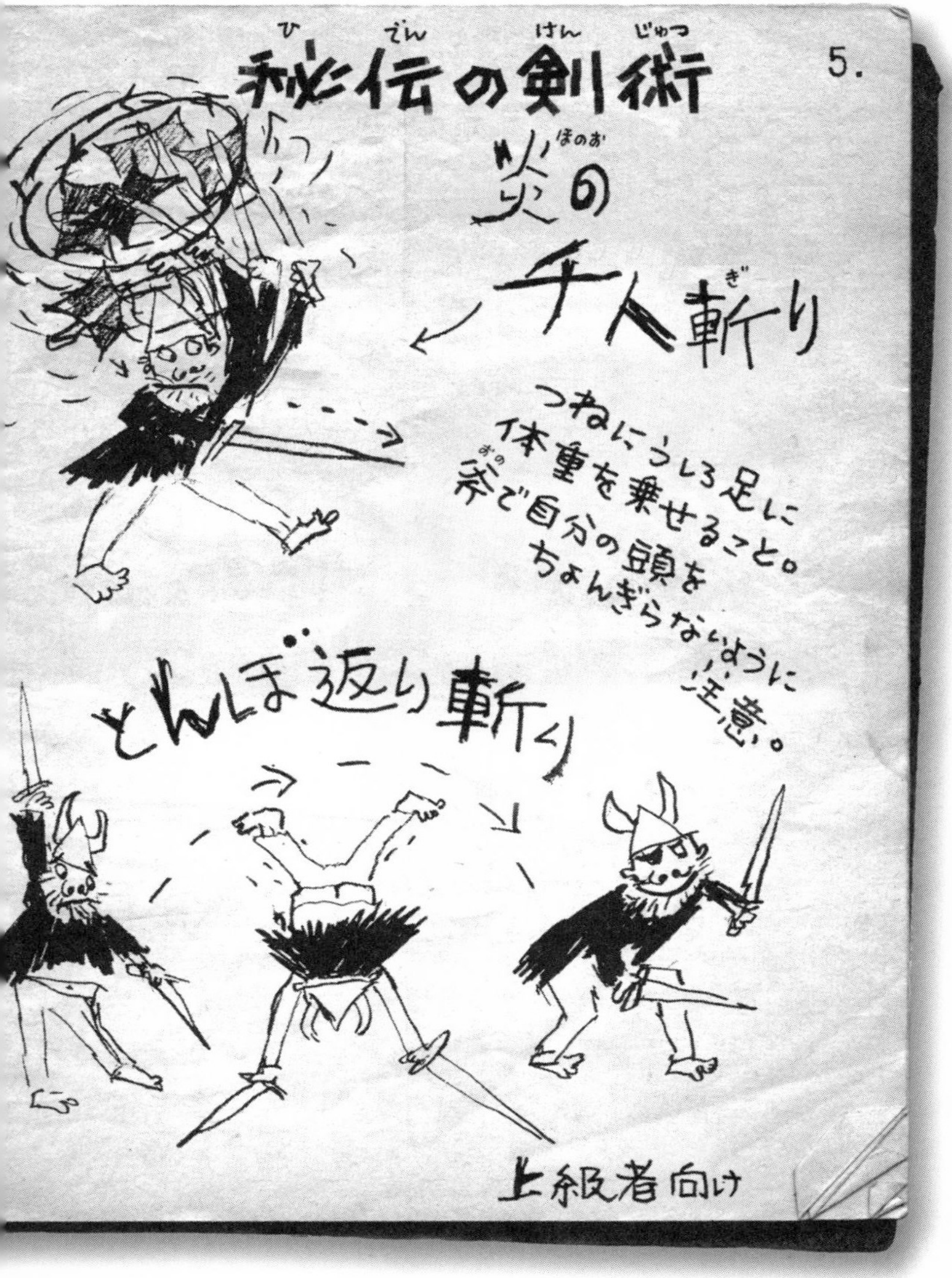

秘《ひ》伝《でん》の剣《けん》術《じゅつ》
5.
炎《ほのお》の千人斬《ぎ》り
つねにうしろ足に
体重を乗せること。
斧《おの》で自分の頭を
ちょんぎらないように
注意。
とんぼ返り斬り
上級者向け

秘《ひ》伝《でん》の剣《けん》術《じゅつ》

図1.

ひざを落とし、
腕《うで》を上にのばし、
力をぬく。
腰《こし》をくるくると
回して、剣《けん》を前に
突《つ》きだす。

図2.

串《くし》刺《ざ》し突《つ》き

大《だ》魔《ま》人《じん》防《ぼう》御《ぎょ》

1. 両手で剣を持ちあげる。

2. 耳をつんざくような
さけび声をあげる。

3. 両足で思いっきりジャンプすると同時に、剣を勢《いきお》いよくふりおろす。

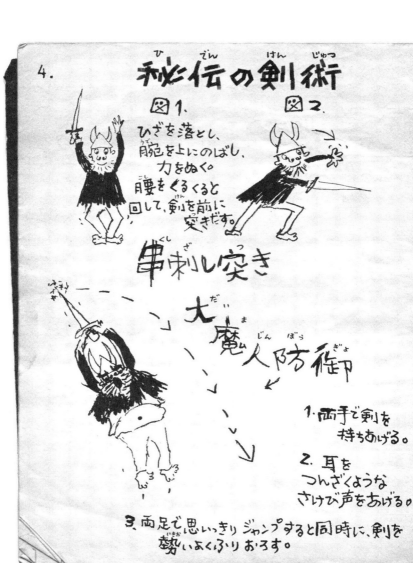

「ヒックくん、どうかしましたか？　わたくしを怖《こわ》がるなんて。髪《かみ》の毛《け》一本（カキーン）、傷《きず》つける気はありませんよ（コキーン）」アルビンが心にもないことをいう。

「ぼくの話を聞いて。宝物《たからもの》をあきらめさえすれば、みんな無事にここから脱出《だっしゅつ》できるはずだ」

「そうですとも、わたくしはここを脱出《だっしゅつ》します。きみを殺したあとにね」

「アルビン。人生を変えるチャンスはまだある。友だちをつくって、家庭を持てば……」

「だまれ！　チャンスだなんて、笑わせるんじゃない。本当に、ゆかいな子ですね。ギリギリまで追いつめられているのは、きみのほうなのに。大人《おとな》をバカにするんじゃない。自分を何様だと思っているんだ」

アルビンは、いままで以上に力をこめて剣《けん》を突《つ》きだした。ヒックは、かろうじてかわしたが、バランスをくずしてしまった。

「やりなおしなんて、ききません。芯《しん》までくさっているのですから。でもわたくしは、金の亡者《もうじゃ》になったことを、ちっとも後悔《こうかい》していませんよ」アルビンは、剣《けん》を高くふりかざした。

ヒックは、ジャラジャラとくずれ落ちるコインをつかみ、必死に体勢《たいせい》を立てなおそうとする。

「心配してくださったことには、礼を申しあげましょう」アルビンは、力いっぱい剣《けん》をふりおろした。

ヒックは、最後の力をふりしぼって飛びのいた。あやうくまっぷたつになっていたところだ。

一方アルビンは、勢《いきお》いあまってバランスをくずし、まだだれも足をふみいれていない宝《たから》の山に飛びうつった。

ふいに、その宝《たから》の山が動きだした。

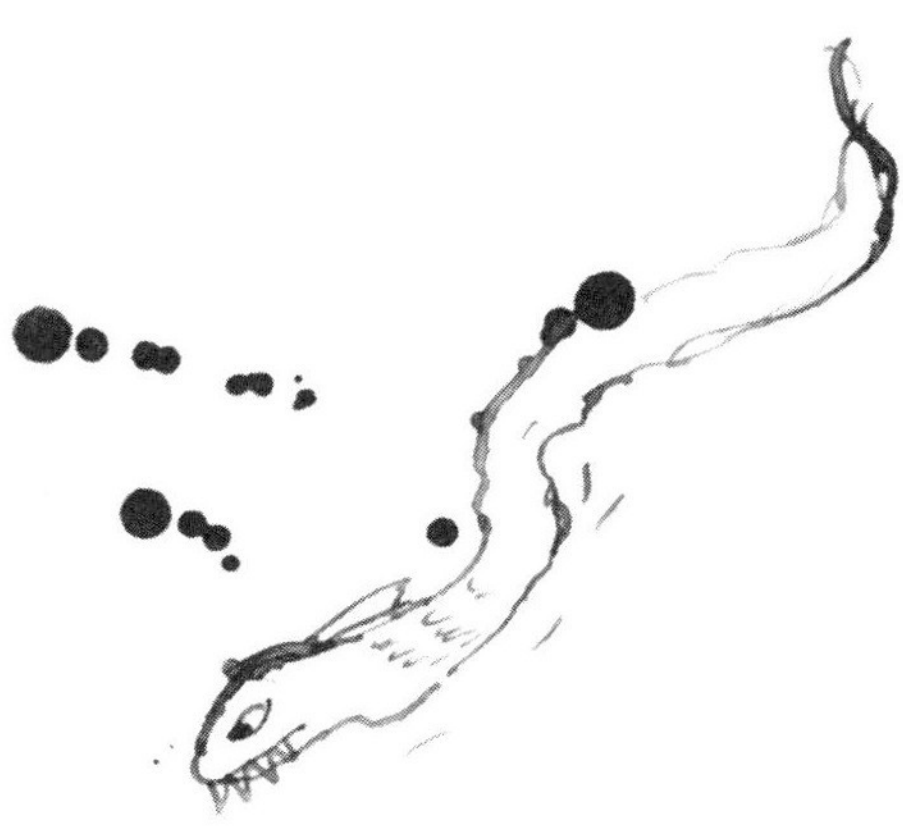

18　最後のワナ

宝《たから》の山は、むくむくと大きくなり、ぐらぐらとゆれた。杯《さかずき》、宝石《ほうせき》、剣《けん》、金貨《きんか》が溶岩《ようがん》のように流れおちる。

と、白いロープのようなものが宝《たから》の山からするするとのび、アルビンの手足に巻《ま》きついた。

それはロープなどではなかった。

ブヨブヨの脂肪《しぼう》でできた、タコの足みたいな触手《しょくしゅ》だった。触手《しょくしゅ》には、小さな吸盤《きゅうばん》がついていて、そこから強烈《きょうれつ》なにおいのする、ねっとりとした灰色《はいいろ》の液体《えきたい》が出ている。

ヒックとアルビンは、宝《たから》の山の下で眠《ねむ》っていた生き物を起こしてしまったのだ。アルビンは、恐怖《きょうふ》の悲鳴をあげた。

これが、ゴーストリーのしかけた最後のワナだった。

ゴーストリーは、世にも恐《おそ》ろしい怪物《かいぶつ》に秘宝《ひほう》を守らせていたのだ。それは、伝説として聞いたことはあっても、だれも見たことのない、また見たいとも思わないドラゴンだった。洞窟《どうくつ》のなかで迷子《まいご》になったハブドラゴンを覚えているだろうか。あの小さなドラゴンが出くわした怪物《かいぶつ》が、このテナガオオダコ・ドラゴンだったのだ。

テナガオオダコは、ドラゴン、タコ、ヘビが合わさって進化した怪物《かいぶつ》だ。小さくしぼんだつばさと短く弱々しい足はドラゴンの名残《なごり》だが、どちらももう役には立たない。べとべとした跡《あと》を残しながら、大蛇《だいじゃ》のように身をくねらせて地下の洞窟《どうくつ》を移動《いどう》するからだ。

日の光を浴びたことのないテナガオオダコの体は、透《す》きとおっていた。どうやら、獲物《えもの》はワイルドドラゴンの崖《がけ》で手に入れるようだ。怪物《かいぶつ》の胃や腸を、犠牲《ぎせい》になったドラゴンたちが通っていくのが見える。最後のほうのドラゴンたちは、ぴくりとも動かなかったが、つい最近食べられたドラゴンたちは、まだピクピクと動いていた。一ぴきなどは、つばさをバタバタとさせ、怪物《かいぶつ》ののど元から必死にぬけだそうともがいている。

モンスタードラゴン、アクマドラゴン、ヘイボンドラゴンが三びき……ドラゴンにくわしいヒックは、怪物《かいぶつ》の消化器官をゆっくりと進んでいくドラゴンたちの種類を、

かんたんに見わけることができた。

怪物《かいぶつ》の脳《のう》みそは、体に比《くら》べるとおどろくほど小さく、たくさんある触手《しょくしゅ》をコントロールできていないようだ。触手《しょくしゅ》は、まるで一本一本が独立《どくりつ》した生き物のように好き勝手に動きまわっている。

怪物《かいぶつ》は、アルビンを握《にぎ》っている一本の触手《しょくしゅ》に全神経《ぜんしんけい》を集め、新しい客の品定めをしようとゆっくりと自分の顔に近づけた。

「食えるなり？」怪物《かいぶつ》は、首をかしげた。

「よかった……」ヒックは、ほっとして思わず声をもらしてしまった。怪物《かいぶつ》がドラゴン語を話したからだ。ずいぶんと古い言葉づかいだったが、ドラゴン語には変わりない。敵《てき》と会話ができれば、生きのびるチャンスはある。

アルビンは悪あがきし、体にきつく巻《ま》きついている触手《しょくしゅ》をストームブレードで切りつけた。

「おぬし、余《よ》をトゲで刺《さ》しよったな？　ならば余《よ》も刺《さ》しよるぞ」

テナガオオダコは、のろのろと自分のしっぽをアルビンの顔の前にたらした。

もっと小さな生き物だったが、ヒックは似《に》たようなしっぽを見たことがある。しっぽには、アオガエルのような緑色をした猛毒《もうどく》がたっぷりとふくまれているのだ。先端《せんたん》には針《はり》がついていて、獲物《えもの》はこれで刺《さ》されると、ねんねんころりと永遠《えいえん》の眠《ねむ》りにつく。

まずい。よりによって、毒を持っているテナガオオダコなんて……ヒックは思った。

アルビンは、恐《おそ》ろしいしっぽを見たとたんに気絶《きぜつ》した。注射《ちゅうしゃ》が大の苦手なのだ。

そこで、テナガオオダコはアルビンを毒針《どくばり》で刺《さ》すのをやめ、ストームブレードもろとも、ごくりと飲みこんだ。

意識《いしき》を取りもどしたアルビンが、身もだえしながら、怪物《かいぶつ》の透明《とうめい》なのどを通っていくのを、ヒックは、ぼうぜんと見ていた。

いつもは敵《てき》を食べるやつが、逆《ぎゃく》に食べられちゃってる。運命って皮肉だな……ヒックは思った。

ときには、にげるより、じっとしているほうがむずかしい。ヒックは、この状況《じょうきょう》でにげるのは無理だと思った。敵《てき》は大きすぎる。地下にすむ生き物の多くがそうであるように、この怪物《かいぶつ》も目が悪いことを祈《いの》って、ヒックはじっとしていた。

ヒックは、まちがっていなかったかもしれない。ところが運の悪いことに、好き勝手に動きまわっていた触手《しょくしゅ》の一本が、ヒックにぶつかった。触手《しょくしゅ》は体温を感じとると、反射的《はんしゃてき》にヒックに巻《ま》きつき、空中に持ちあげた。

「ヒック！ なんか、いい作戦を考えてよ！」フィッシュが下からさけぶ。

「そんなの、いわれなくてもわかってるよ」ヒックは、胸《むね》に強く巻《ま》きつく怪物《かいぶつ》の触手《しょくしゅ》のことをできるだけ意識《いしき》しないようにした。頭のなかではいろいろな考えが、網《あみ》にかかったエビのように、とびはねる。

「トゥースレス、こっちへ来い！」

触手《しょくしゅ》はヒックを握《にぎ》りしめたまま、あっちへ行ったり、こっちへ行ったりした。トゥースレスが、つばさをはためかせ、できるかぎりヒックに近づく。ヒックは、トゥースレスの小さな耳に、何かをささやいた。

「そんなさくせん、しっぱいするよ」トゥースレスが首を横にふる。

「一度でいいから、命令を素《す》直《なお》に聞くんだ！」ヒックがどなった。

怪物《かいぶつ》は、自分の触手《しょくしゅ》に獲物《えもの》がかかっていることに、まだ気づいていない。にげるチャンスはある。ヒックが、体に巻《ま》きついているネバネバとした触手《しょくしゅ》に剣《けん》を突《つ》きさすと、テナガオオダコの力が少しゆるんだ。

はるか下では、フィッシュが、なんとかヒックを助けようとやっきになっていた。フィッシュは、目の前に宝石《ほうせき》のいっぱいついた、いかつい剣《けん》が転がっているのに気づいた。自分と同じくらい大きいその剣《けん》を、顔をむらさき色にしながら、なんとか地面から持ちあげる。そして、剣《けん》を頭の上にふりかざし、怪物《かいぶつ》の腹《はら》めがけてふりおろそうとした。

ところが、体をうしろにそらせたフィッシュは、そのままゆっくりと倒《たお》れてしまった。そして、銅《どう》の盾《たて》に思いっきり頭をぶつけ、意識《いしき》を失った。

そのときのゴーンという大きな音で、うつろな目をした怪物《かいぶつ》は、ようやく自分がヒックをつかんでいることに気づいた。怪物《かいぶつ》の触手《しょくしゅ》に力がこもる。もうにげられない。

「おまんま」怪物《かいぶつ》が、うれしそうにいった。

「ちがう！　ぼくには毒がある。猛毒《もうどく》だぞ！」ヒックが必死にさけぶ。

「ドラゴン語ができよるな？　余《よ》も毒、あるぞよ」怪物《かいぶつ》は、しっぽについている毒針《どくばり》を、

フィッシュは、剣を頭の上にふりかざしたが…

おどすようにゆらした。「おしゃべりな獲物《えもの》、余《よ》は嫌《きら》いじゃ。危《あぶ》なくてたまらん。だまされる前に、殺すなり」

怪物《かいぶつ》は触手《しょくしゅ》の力をさらに強めて、ヒックを窒息《ちっそく》させようとした。

「そ、それは、お、おもしろい……。で、ぼ、ぼくを……どうやって……殺すつもり？」

ヒックは、目を白黒させていった。

怪物《かいぶつ》が考えているあいだ、ヒックの胸《むね》に巻《ま》きついていた触手《しょくしゅ》の力が少しゆるんだ。

「ええと…しめ殺すなり」

「やっぱりね」ヒックは、肩《かた》で必死に息をした。「ついこの前、シードラゴヌス・ジャイアンティクス・マックスっていうドラゴンに食べられそうになったんだけど、そのとき、そいつがいってたんだ。地下に住むドラゴンは頭が悪いから、しめ殺すくらいしか能《のう》がないって」

怪物《かいぶつ》は、触手《しょくしゅ》に力をこめるのをやめた。

「しっけいな。そのシードングリ・ジャイアント・マイケルってのは、どこのどいつなり？」少し傷《きず》ついた顔をしている。

「もうちょっと力をゆるめて。そしたら教えてあげる」

「よろしい。じゃが、余《よ》をだまそうなどと思うな」

テナガオオダコは、ヒックを落とさない程度《ていど》まで力をゆるめた。ヒックは、大きく深呼《しんこ》吸《きゅう》をした。

「シードラゴヌス・ジャイアンティクス・マックスっていうのは、山のように巨大《きょだい》な殺人マシーンのことだよ」

「余《よ》も巨大《きょだい》だ」

「そいつは、少なくとも三つの殺し方を知ってる。カギづめで八《や》つ裂《ざ》きにするか、きばで細かく食いちぎるか、炎《ほのお》で丸こげにするかだ」

「それくらい余《よ》だって……」怪物《かいぶつ》は、自信なさそうにいった。

「無理だよ。カギづめもきばもないし、炎《ほのお》だって吐《は》けないじゃないか」

「うむ……。でも、しめ殺すことは得意なり」テナガオオダコの顔がぱっと輝《かがや》き、ふたたび触手《しょくしゅ》に力がこもる。

「そんなの時代おくれだよ！」ヒックは、あわててさけんだ。「毒を使えばいい。最新の

殺し方だ。シードラゴヌス・ジャイアンティクス・マックスは毒を持ってなかったよ」

「ほんとか？」

「本当だ。テナガオオダコの毒がどんなものか、ぼくに試してみてよ」

「苦しいぞよ」

しっぽの先のするどい針《はり》が、ヒックの心臓《しんぞう》にねらいを定めた。

と、とつぜん、トゥースレスが怪物《かいぶつ》の視界《しかい》に飛びこんできた。小さなドラゴンが目の前で急上昇《きゅうじょうしょう》したり急降下《きゅうこうか》したりするのを見て、一瞬《いっしゅん》、テナガオオダコの注意がそれた。ようやく自分の触手《しょくしゅ》を動かしたいように動かし、トゥースレスをはらいのけたときには、怪《かい》物《ぶつ》の怒《いか》りは頂点《ちょうてん》に達していた。

「余《よ》をだましよったな。いますぐ口がきけないようにしてやる！」怪物《かいぶつ》は悪魔《あくま》のような声でいった。

そのとき、気絶《きぜつ》していたフィッシュが、はっと意識《いしき》を取りもどした。見あげると、怪物《かいぶつ》がちょうどヒックのシャツの上から、ローマ市民を全滅《ぜんめつ》させられるほどの猛毒《もうどく》を刺《さ》すところだった。

19 未来のカシラ

「この猛毒《もうどく》が、どんなふうにきいてくるのか教えてよ」ヒックは、怪物《かいぶつ》に話しかけた。

「うむ。まずは手足が勝手に動くなり。それから、かたくなるなり」

「そういえば、針《はり》に刺《さ》されてるみたいに、足がチクチクしてきた」ヒックがうなずくと、なぜか怪物《かいぶつ》の触手《しょくしゅ》がところかまわずのたうちまわり、ぴんと張《は》った。

「最後には、緑色になって死ぬなり」怪物《かいぶつ》は上機嫌《じょうきげん》だ。

「あっ、ぼくの左腕《ひだりうで》が、うっすらと緑色になってきた！」ヒックは、ウソをついていた。腕《うで》はいつもどおり、そばかすだらけで真っ白だ。

かたや、テナガオオダコの透明《とうめい》な体は、ゆっくりと緑色にそまり、消化中のドラゴンたちが見えなくなっていった。

「それから毒が頭まで回ると、脳《のう》がバンッと破裂《はれつ》するなり」怪物《かいぶつ》は、うれしそうにヒックを見つめた。ところがヒックは、ぴんぴんしている。

「変じゃの。毒がきかぬか」怪物《かいぶつ》は首をかしげた。

「きっと、ぼくは毒がききにくい体質《たいしつ》なんだよ」ヒックは、怪物《かいぶつ》を安心させるようにいった。「それより、ドラゴンさん、顔色が悪いよ。横になったほうがいいいんじゃない？」

怪物《かいぶつ》は、自分の体に目をやった。いまでは体全体の色が変わり、小さな脳《のう》まで緑色になろうとしている。

「うぎゃーーーーーーーー！」

怪物《かいぶつ》は、悲鳴をあげた。

脳《のう》が爆発《ばくはつ》したのだ。

体中の神経《しんけい》が、まるで豆電球のようにチカチカと光っている。怪物《かいぶつ》は狂《くる》ったようにのたうちまわり、まわりの岩を

うちくだき、宝物《たからもの》を四方八方に吹《ふ》きとばした。

フィッシュは、ぶんぶんと宙《ちゅう》を切る怪物《かいぶつ》の手にぶつからないよう、つき出た岩の下にかくれた。トゥースレスは、天井《てんじょう》の割《わ》れ目《め》にもぐりこんだ。約一分半、テナガオオダコは、洞窟《どうくつ》の壁《かべ》に自分の体を強くぶつけながら、苦しみに満ちた声をあげた。そして、すべての触手《しょくしゅ》をぴんとまっすぐにのばしたかと思うと、どさりとくずれ落ちた。

怪物《かいぶつ》は、苦しげにピクピクと動いた。危険《きけん》な針《はり》のついたしっぽが、最後に一、二度、荒々《あらあら》しくむち打った。

ふたたび、洞窟《どうくつ》は静けさに包まれた。ちりが宙《ちゅう》を舞《ま》っている。

フィッシュは、かくれていた場所からはい出した。ぬるぬるとした落石と宝物《たからもの》、それからもっとぬるぬるとした怪物《かいぶつ》の触手《しょくしゅ》をよじのぼり、ヒックにかけよる。

ヒックは、放心状態《ほうしんじょうたい》だったが生きていた。まるで津波《つなみ》にさらわれたように、あちこちに投げとばされた恐怖《きょうふ》で、歯をガチガチと鳴らしている。傷《きず》ひとつないのは、怪物《かいぶつ》の触手《しょくしゅ》がクッションの役割《やくわり》をしたからだった。

ヒックは、フィッシュとトゥースレスを見て満面の笑《え》みを浮《う》かべた。

「頭の悪い怪物《かいぶつ》だったね！」ヒックはいった。

「ねぇ、どうやったの？　どうやったの？」フィッシュは、トゥースレスといっしょにヒックに巻《ま》きついた触手《しょくしゅ》をほどきながら、目を丸くしてなんどもきいた。

ヒックは答える代わりに、シャツを胸《むね》までめくりあげた。そこには、怪物《かいぶつ》の触手《しょくしゅ》が巻《ま》きついていた。ゼラチンのような透明《とうめい》の触手《しょくしゅ》には、大きな針《はり》の跡《あと》がついていた。

ヒックは、トゥースレスが怪物《かいぶつ》の注意を引きつけているあいだに、シャツを怪物《かいぶつ》の触手《しょくしゅ》の上にかぶせたのだった。鈍感《どんかん》な怪物《かいぶつ》は、ヒックのシャツの下にかくれている、自分自身を刺《さ》したことに、まったく気づかなかったというわけだ。

「でもそれって、運まかせの作戦だよね」フィッシュがいった。

「うん。でも大切なのは、いま、ぼくたちがみんな生きているってことだよ」ヒックはうれしそうだ。

フィッシュは、ヒックに笑顔を返した。トゥースレスは、宙返《ちゅうがえ》りを三回して、「コケッコー」と鳴いた。

「それに、きみの剣《けん》さばき、すごかったじゃない。あんなに下手《へた》だったのに、いきなりどうしたの？」

「右手が使えなかったからね」ヒックは、照れながら答えた。

「やっぱり、きみは左ききだったんだね。たったひとりで、アルビンとテナガオオダコを倒《たお》した左ききの名剣士《めいけんし》だ！」フィッシュは、顔をほころばせた。「村に帰って、みんなに話すのが楽しみだね。この宝《たから》を目にしたときのスノットの顔を早く見たいよ。あいつがドクロー島で見つけた宝箱《たからばこ》なんて、これに比《くら》べたらスズメの涙《なみだ》だ」

「それはそうだけど」ヒックは、ゆっくりといった。「ぼくたちが、まだ出口のない地下の洞窟《どうくつ》に閉《と》じこめられていることには変わりない。まずは、ここから脱出《だっしゅつ》しなくちゃ」

フィッシュの顔がくもった。

「そうだね。でも、この洞窟《どうくつ》は、ワイルドドラゴンの崖《がけ》につながっているはずだよ。怪物《かいぶつ》のおなかのなかに、あんなにたくさんのドラゴンがいたんだもん。ドラゴンのゆりかごから、つかまえて食べてたんだ。冥界《めいかい》の洞窟《どうくつ》をなんとか通りぬけられれば……」

「ダメダメ」トゥースレスが割《わ》って入った。「トゥースレス、どうくつのなかでそだったから知ってる。テナガオオダコより、もっと大きくてこわいドラゴン、たくさんいる」

「それなら、来た道を帰るしかない。扉《とびら》が、まだ開くといいけど」ヒックはいった。

扉《とびら》は、なんなく開いた。

ふとヒックは、扉《とびら》の内側にくぎでとめられている紙切れに気づいた。

手紙だった。

そこには、謎《なぞ》の詩と同じゴーストリーの下手《へた》くそな字で〈未来のカシラへ〉と書かれていた。

ヒックは、手紙を扉《とびら》からはずし、読みはじめた。

未来のカシラへ

わしは、バイキングとして輝《かがや》かしい人生を送ってきた。しかし、こうして年老いたいま、略奪《りゃくだつ》と戦いに満ちた五十年間をふり返ってみると、決して幸せではなかったことに気づく。まったくべつの人生を歩むことができたのではないかと。

たとえば、この宝物《たからもの》だ。わしの名は、この輝《かがや》かしい宝物《たからもの》とともに、永遠《えいえん》に語りつがれていくことだろう。しかし現実《げんじつ》は、この宝《たから》のせいで、幸せだったわが海賊団《かいぞくだん》は、金と権力《けんりょく》への欲《よく》に目がくらみ仲間割《なかまわ》れしつつある。

わしらは、この宝《たから》を手にする心の準備《じゅんび》が、まだできていないのだ。

だからわしは、宝物《たからもの》を手ばなすことにした。

伝説を聞いて、宝《たから》さがしを始める者もいるだろう。そこで、わしは代わりに小さな宝箱《たからばこ》をドクロー島に埋《う》めた。それを見つけたものが、満足して宝《たから》さがしをやめることを祈《いの》って。

本当の宝《たから》は、この海底の洞窟《どうくつ》にかくした。ドラゴンたちに宝物《たからもの》を運ばせるには、ずいぶんん長い年月がかかった。ここにたどり着くには、海深くもぐるか、冥界《めいかい》の洞窟《どうくつ》を通りぬけなければならないからだ。宝《たから》のそばには、テナガオオダコの赤《あか》ん坊《ぼう》を置いておく。成長すれば、恐《おそ》るべき番人になってくれるだろう。

いつか、この美しくも危険《きけん》な宝《たから》を、かしこく使ってくれる者が現《あらわ》れることを祈《いの》るばかりだ。

ドラゴンを友とし、剣《けん》さばきがたくみで、怪物《かいぶつ》とは言葉で戦い、トール神の御心《みこころ》を理解《りかい》する者……その者こそ、わしの秘宝《ひほう》を見つけ、未来のカシラとなれ。

その者にこそ、ここの宝《たから》をすべて授《さず》け、使い方をまかせよう。

きたれ、幸運と強い風よ。

ゴーストリー

P.S.ドラゴンを連れていれば、そいつが海面まで導《みちび》いてくれるだろう。
連れていなければ、ここがおまえの墓場《はかば》となる。

「もしかしたら、ゴーストリーは、それほど悪い人じゃなかったのかもね」ヒックは、しんみりといった。

「ほらね！　この宝《たから》は、きみのものだって。きみの好きにしていいって」手紙をヒックの肩越《かたご》しに読んでいたフィッシュがいった。

ヒックは、ため息をついた。ストームブレードを握《にぎ》ったお父《とう》さんの、欲《よく》にくらんだ目を思いだす。あの小さな宝箱《たからばこ》をめぐってでさえ、お父《とう》さんはバギーバムと大げんかをくりひろげたのだ。

「よし、どうすべきかわかったぞ」ヒックは、地面に転がっていた炭を拾い、手紙の下に何やら書きくわえると、扉《とびら》にくぎでとめた。

「まだ……心の準備《じゅんび》が……できていません」フィッシュが声に出して読んだ。そして、あわてでヒックを追いかけた。ヒックは、洞窟《どうくつ》に入ってきたトンネルを見て、じっと考えこんでいる。

「心の準備《じゅんび》ができてないって、どういうこと？」フィッシュはきいた。

「宝《たから》は、このままにしておくってこと。これは、ぼくたちの秘密《ひみつ》だ。だれにもいっちゃいけないよ。生きて村に帰ることができたら、遠くの浜辺《はまべ》に打ちあげられたっていうんだ。いいかい、この洞窟《どうくつ》のことは絶対《ぜったい》に秘密《ひみつ》だ」

「冗談《じょうだん》でしょ？　これは、ヒーローになるチャンスなんだよ。それに、このことを話さないと、みんなはスノットが未来のカシラだと思ったままだよ」

ヒックは、やりきれない顔をした。

「そうだね。でも、もしぼくが真の跡継《あとつ》ぎだとしたら、モジャモジャ族のために一番正しいことをしなくちゃならない。ぼくは正しいことをしていると思う。宝《たから》は、やっかいごとを招《まね》くだけだ」

ヒックは、考えを変えようとはしなかった。
「さあ、家に帰ることだけ考えよう」
たった一ぴきのドラゴンを使って、息を切らすことなく海面まで何百メートルも泳いで出る方法を考えつくまでには、二、三時間かかった。だが、一度答えが見つかると、それはとてもかんたんなことだった。
ドラゴンの吐《は》く息には、酸素《さんそ》がたくさんふくまれている。火を吐《は》くことができるのも、このおかげだ。だから、トゥースレスにぴったりとくっついて、潜水病《せんすいびょう》にならないようにゆっくりと浮《う》かびあがり、酸素《さんそ》がなくなったらトゥースレスに息を吹《ふ》きこんでもらえばいい。ドラゴンは、水中でも息ができる。角《つの》の根元にエラがついているからだ。海に入ると肺《はい》は弁《べん》を閉《と》じ、空気の代わりに水から酸素《さんそ》を取りいれる。

ヒックとフィッシュは、十分ほどで海面に浮《う》かびあがった。十三日の金曜日号が沈没《ちんぼつ》した場所からそうはなれていなかったので、あたりには船の残骸《ざんがい》がたくさん浮《う》かんでいた。ふたりは、オールの両はしをそれぞれつかむと、一番近くに見える浜辺《はまべ》へと向かった。

そのあいだもフィッシュは、ヒックに考えなおすよう、説得《せっとく》しつづけた。そして、ついにかんしゃくを起こした。

「そんなんじゃ、永遠《えいえん》にヒーローになんかなれないよ。歓声《かんせい》や拍手《はくしゅ》を浴びたいとは思わないの？」

ヒックは、ため息をついた。

「ぼくは一生、ヒーローになんかならない。それに、カシラになりたければ、まずはモジャモジャ族が絶《た》えないようにしなくちゃいけない。ヒーローになるより、そっちのほうがずっと大切なことだと思うんだ」

ふたりは、ヒースのなかをふらふらと歩きながら、モジャモジャ村に向かった。あたり

は、気味が悪いくらいしいんとして、人気《ひとけ》がない。煙突《えんとつ》から煙《けむり》も出ていなければ、道端《みちばた》でけんかをする子どもたちの姿《すがた》もなく、屋根の上で取っ組みあうドラゴンたちもいなかった。オーディン神さま、どうかみんなが無事でありますように……ヒックは、心のなかで祈《いの》った。

モジャモジャ族は、全員無事だった。

十三日の金曜日号とともに、海の藻《も》くずとなったものは、奇跡的《きせきてき》にひとりもいなかったのだ。

あのあと、モジャモジャ族たちは、流れ者たちをしっかりと縛《しば》りあげると、定員オーバーのシュモクザメ号の舵《かじ》をとり、バーク島へもどってきたのだった。そして島に着くと、持ち前のおおらかさを発揮《はっき》して、流れ者たちを自由にしてやった。

残念ながら、流れ者は、恩《おん》という言葉を知らない。モジャモジャ族たちは、この悪党《あくとう》どもとふたたび出会うこととなる。しかし、それはまだずっと先のこと。ひとまず、流れ者たちは、恥《は》ずかしさに顔を真《ま》っ赤《か》にさせながら、丸腰《まるごし》で〈流れ者の領土《りょうど》〉へとにげかえっていった。復讐《ふくしゅう》を誓《ちか》いながら。

一方、モジャモジャ族たちは、敵《てき》と同じくらい、うちひしがれていた。もともとは、タフな一族だし、仲間がおぼれ死ぬことなど、海賊《かいぞく》をやっていれば日常茶飯事《にちじょうさはんじ》だった。けれど、カシラのひとり息子を失ったのは、ヒックが真の跡継《あとつ》ぎであろうとなかろうと、モジャモジャ族にとっては大きな衝撃《しょうげき》だったのだ。

ストイックは、一時間ほど岬《みさき》に立って海をながめていた。スノットの発見した宝箱《たからばこ》が十三日の金曜日号とともに波間に消えると、たちまちその魔力《まりょく》から解《と》きはなたれたのだ。甲板《かんぱん》で、「ストイックの跡継《あとつ》ぎは、ぼくです」と、いいきった息子の姿《すがた》がなんども目に浮《う》かぶ。

ストイックは、黄金の耳飾《みみかざ》りを乱暴《らんぼう》にはずすと、海に投げすてた。そして、家にもどり、オーディン神をまつった聖壇《せいだん》の前に座《すわ》った。

これが、ヒックとフィッシュとトゥースレスが、くたびれはててモジャモジャ村にたどり着いたとき、村中がしんとしずまりかえっていた理由だ。だれもが、窓《まど》を閉《し》めて家に閉《と》じこもっていたのだ。玄関《げんかん》に鍵《かぎ》をかけ、暖炉《だんろ》を燃《も》やすことさえ忘《わす》れていた。

そのとき、ゴバー教官の家の木窓《きまど》が、風にあおられて開いた。ゴバーが窓《まど》に近づくと、見覚えのある少年たちがボロボロのヨレヨレになってこっちに歩いてくるのが、目に飛びこんできた。

「生きてたのか！」

その知らせは、山から山に移《うつ》るかがり火のように、家から家へと伝わっていった。モジャモジャ族たちは、浮《う》かれたゾウアザラシのように家からいっせいに飛びだした。そして少年たちに飛びつき、「生きてた！　生きてた！　生きてた！」とさけびながら、筋肉《きんにく》もりもりの肩《かた》にふたりを乗せた。

一方スノットは、村の人たちが、ドクロー島での自分の活躍《かつやく》ぶりをほめもせず、ヒックとフィッシュの心配ばかりしているので、頭にきていた。だから、さわぎを聞きつけて外に出て、ゴバーとノバーに突《つ》きとばされたときは、さらに頭にきた。そして、ヒックを肩《かた》にかついで村中をかけまわる群集《ぐんしゅう》にふみつけられると、ついに怒《いか》りが爆発《ばくはつ》した。

ヒックは、死にもせず、おぼれもせず、いなくなりもしなかったのだ。

喜びにわくモジャモジャ族たちは、カシラの家に着くと、玄関《げんかん》をドンドンとたたいた。

「カシラ、開けてください！　子どもたちは生きてました！」

ストイックは顔をあげ、夢《ゆめ》でも見ているかのような気持ちで、玄関《げんかん》に飛びだした。

そこには、まぎれもない、自分の息子がいた。

ナマエ・キイタダケデ・アア・オソロシヤ・ストイックは、息子を抱《かか》えあげると、ぎゅっと抱《だ》きしめた。歓声《かんせい》は、いつまでも鳴りひびいていた。

これが、遠いむかしのある日の午後、トゥースレスが海底ですばらしい宝物《たからもの》を見つけ、それを失った物語

だ。

ヒックが、ついに自分の剣《けん》を見つけ、使い方を学んだ物語でもある。

さらには、偉大《いだい》なことなどしなくても、みんなは喜んでむかえいれてくれると、フィッシュがさとった物語でもある。

偉大《いだい》なるバイキングヒーローによるあとがき

それから数か月後、わしは夢《ゆめ》をみた。船が難破《なんぱ》する夢《ゆめ》じゃ。おそらく、いま語った経験《けいけん》をしたからだろう。わしは、〈エンドレス・ジャーニー号〉という名の船に乗っておった。船が波間に消える瞬間《しゅんかん》、ぶきみな笑《え》みを浮《う》かべた残忍《ざんにん》そうな船長が、剣《けん》を宙高《ちゅうたか》く放りなげた。剣《けん》は、縦《たて》にくるくると回り、波を越《こ》え、空をのぼり、宇宙《うちゅう》に飛びだし、星ぼしをめぐり、はてしなく続く時間を旅した。するとたまげたことに、わしの手がどんどんとのび、その剣《けん》をつかんだんじゃ。

わしは夢《ゆめ》から覚《さ》めると、トゥースレスに秘宝《ひほう》の洞窟《どうくつ》で手わたされた剣《けん》を取りだした。アルビンとの戦いに使ったあの平凡《へいぼん》な剣《けん》じゃ。三十分ばかりなんどもひっくり返しては、さびついた剣《けん》をじっくりと調べた。すると、柄《え》の部分がくるくると回ってはずれることに気づいた。なかは空洞《くうどう》になっていて、小さな紙が丸まって入っているではないか。紙切れには、こんな言葉が書かれていた。

ゴーストリーの遺言状《ゆいごんじょう》

真の跡継《あとつ》ぎに、この秘剣《ひけん》を残そう。
ストームブレードは、少し左にそれるクセがある。
物の価値《かち》は、見た目だけではわからない。

おまえが、わしよりもいいカシラに
なることを祈《いの》って。

ゴーストリー

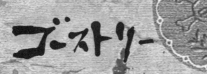

いま、わしは、海底に宝《たから》をかくしたときのゴーストリーと同じくらいの年になった。数十年前のあのできごとは、トゥースレスとフィッシュとともに、ずっと秘密《ひみつ》にしてきた。しかし、自分の人生を書きのこしているいま、このことを書かぬわけにはいくまい。わしを大きく成長させてくれたのだから。わしが生きているあいだは、だれの目にもふれぬよう、この話は書きおえたらすぐ箱にしまおう。そして、海に流そう。

ゴーストリーと同じように、いつか、わしよりもいいカシラの手に届《とど》くことを祈《いの》って。

いまより、ずっとずっと文明が発達した未来の者に。

美しく危険《きけん》なものを、かしこく使うことができる者に。

さて、ヒックが裏切り者《うらぎもの》の悪党《あくとう》アルビンを見たのは、海底の洞窟《どうくつ》が最後だったのでしょうか？

彼《かれ》の恐《おそ》ろしいフックは、十三日の金曜日号とともに海底に沈《しず》みました。わたしたちが最後に見たアルビンは、だれもいくことができない深い深い地下の洞窟《どうくつ》にすむ、怪物《かいぶつ》テナガオオダコののどのなかで、もだえていました。

いきのびることは、まず無理でしょう。

本当に無理でしょうか？

ヒックの自伝第三巻《かん》をお楽しみに。

訳者紹介

相良倫子（さがらみちこ）

国際基督教大学教養学部卒業。

訳書に「いたずら魔女のノシーとマーム」シリーズ（小峰書店）、『目で見る進化―ダーウィンからDNAまで』（さ・え・ら書房）などがある。

我が家には、トゥースレスに似たいたずらっ子のトイプードルがいる。

http://www.geocities.jp/sagaluck/

陶浪亜希（すなみあき）
1969年東京都生まれ。
幼少、中高生時代をアメリカ、ドイツで過ごす。
上智大学文学部新聞学科卒業。
訳書に「いたずら魔女のノシーとマーム」シリーズ。
我が家にも、トゥースレスに似たいたずらっ子の二歳の息子がいる。

ヒックとドラゴン2
深海の秘宝

2009年11月18日　第1刷発行　　2010年4月30日　第3刷発行

作者：クレシッダ・コーウェル
訳者：相良倫子・陶浪亜希

ブックデザイン：アンシークデザイン
描き文字：伊藤由紀葉（いとうゆきは）

発行者　小峰紀雄
発行所　株式会社小峰書店
〒162-0066　東京都新宿区市谷台町4-15
TEL 03-3357-3521
FAX 03-3357-1027
http://www.komineshoten.co.jp/
組版・印刷所　株式会社三秀舎
製本所　小高製本工業株式会社

ISBN978-4-338-24902-7
NDC 933　231p　19cm　乱丁・落丁本はお取り替えいたします。